新版　三島由紀夫が復活する

小室直樹

毎日ワンズ

新版　三島由紀夫が復活する

目次

第二章 戦後天皇制に挑戦した三島由紀夫

＊本書は平成三十一年に小社より刊行された新書版「三島由紀夫が復活する」を再構成したものです。
＊著者註釈と区別するため編集部註釈には「＊」を付しました。
＊引用文は原則として原文のままとしましたが、一部旧字を新字に改めたところがあります。

毎日ワンズ編集部

まえがき

文豪三島由紀夫は昭和四十五年十一月二十五日、「楯の会」会員四名を指揮し市ヶ谷台に乱入、東部方面総監を捕縛し、自衛隊員を集合させて陸上自衛隊に決起を迫るも叶わず、森田必勝《まさかつ》とともに切腹して果てた。

三島は死の直前、檄文で〝現代日本の危機〟を訴えたが、今日あたりをみまわしても街に失業者があふれ、デモが渦巻いているわけではなく、私自身にしても明日の糧《かて》に脅えているのでもない。

しかも新聞紙面でみる諸外国の情勢はいよいよ混迷を深め、悲喜こもごも織りなして一日も休むことはないが、わが国のみはこのような危機に直面することもなく、安らかな繁栄と平和に包まれている。国民の多くは目前の営利に忙しく、太平の夢にひたりきっている。

三島由紀夫の憤死はついに犬死《いぬじに》に終わったのであろうか。彼の死の意味を犬死と非情に断定するのも、一つの歴史の見方ではあろう。

私は時至らば三島由紀夫の行動と不可解な絶叫を取り上げ、三島の尽くし得なかった思いもこめ、ぜひ世に問わねばならぬと考えてきた。

ようやく刊行できたについては、かつて三島の周辺にいた方々の熱心な協力によるところがおおきい。心より感謝の意を表したい。

さて、まえおきはこのあたりでやめておこう。話はまず、昭和十一年二月二十六日から始まる……。

小室直樹

第一章　三島由紀夫と二・二六事件

摩訶不思議な事件

三島哲学による天皇制批判、それが最もラディカルなかたちで現象化したもの、それが、二・二六事件であった。

それは、欧米流の革命の理論からすれば、全く、ありうべからざる現象である。また、従来の日本的考え方からしても、反乱であるともいいきれない。かといってまた、反乱でないともいいきれない。まことに不思議このうえない現象なのである。

これを何と説明すべきか。

皮相浅薄な説明なら、ずいぶんと提出されてはいるが、まだ、満足すべき説明には接していない。

筆者は、この摩訶《まか》不思議な現象を、三島哲学で説明することにしたい。

もちろん、三島由紀夫は、二・二六事件に関係していない。年代からして関係できるわけもない。三島の二・二六事件に対する発言は、すべて戦後のものである。それでいて、三島理論による分析ほど、二・二六事件の経過と本質とを的確に説明しうるモデルはないのである。

二・二六事件の経緯。すでに周知であるので、簡単にスケッチしておこう。
昭和十一年二月二十六日、安藤輝三大尉、栗原安秀中尉などの青年将校は、歩兵第一連隊、同第三連隊、近衛歩兵第一連隊の一部の兵を動かして、首相官邸、高橋蔵相邸、侍従長官邸、警視庁などを襲撃した。

栗原中尉ノ云フニハ『兼ネテ支配階級ノ腐敗堕落ヲ憤慨セル青年将校ハ蹶起《ケッキ》シタ、当隊ハ之ヨリ出動スル、貴官ハ最後尾ヨリ来イ、負傷者等ノ出タ場合ヲ頼ム』
（文春文庫『昭和史発掘』松本清張）

これが、軍隊を動かして、日本国家のトップの人々を殺す主旨である。
彼らの合言葉は、「尊皇」と「討奸」。
天皇のために天皇が信任する重臣を殺すのである。これを矛盾だと感ずる青年将校は一人もいなかった。

「総テノ準備ヲ完了シテ午前三時五十五分、出発ニ当リ趣意書ニ基キ、是カラ皆ト一処ニ、天皇陛下ノ御為ニ尽サウト訓示シ午前四時十分営門ヲ出マシタ」

（坂井直調書）

天皇の重臣を殺すことが何で天皇のためになるのか。何も知らずに連れ出された兵隊も、全く荒唐無稽とは感じないのである。だから、黙ってついてゆく。

襲撃の経過はよく知られている。

ここで考えるべきことは、国家中枢にいる人々の事件への対処と青年将校および兵士たちの思想と行動である。

軍人、政治家などで、態度がしっかりしていたのは石原莞爾《かんじ》大佐くらいのもの。あとは、ただウロチョロするだけで、見苦しいといってもまだ足りない。

「陸軍大臣官邸に駆けつけると、生ける屍とはその時の川島陸軍大臣の姿であろうか、まるで魂の脱けた人間である。これは仕方がないと思ふから、私は声を励まして『一体どうする方針か？　いづれにしても東京に戒厳令を布いて、収拾策を講じなければなるまい』と注意してやった……」

（戦争調査会『軍閥の暗躍』真崎甚三郎）

岩淵辰雄の『軍閥の系譜』（中央公論社）によると、

「真崎《まさき》は、彼の談話にあるように、事件が起るととりあえず陸相官邸に駆けつけた。陸相の川島は呆然として為すところを知らなかった。『……貴様はどうするつもりか……』というと、『……どうしたらよいかわからない』という。『戒厳令を布いて、早く事態を収拾しなくちゃならん』と勧告したが、川島にはその決断もなかった」

軍政の最高責任者たる陸軍大臣ですらこのありさま。首相はすでに殺されたことになっていた。大臣も大将も、その他の政府高官も、ただオロオロするばかり。元気がいいのは石原莞爾大佐くらいのもの。

「石原莞爾大佐のひょっこり来たのはこの頃であった。彼は昂奮して突如口を開いた。

『なんだこのざまは、皇軍を私兵化して……軍旗を奉じて断乎討伐……』

この室《へや》に居た青年将校が剣をがちゃんと鳴らして立ち上がった。柄《つか》に手がかかって居る」

（改造社『二・二六』斎藤瀏）


『岡田啓介回顧録』（毎日新聞社）によると、

「荒木貞夫大将がやってきた時、たまたまそこに石原莞爾大佐がいた。その石原が、荒木を見るなり、

『ばか！　お前みたいな馬鹿大将がいるからこんなことになるんだ！』

と、ずいぶん思いきったことを言ったものだが、荒木はおこるまいことか、

『何を無礼な！　上官に向かってばかとは軍規上許せん！』とえらい剣幕になった」


川島陸相ら軍首脳の動転とならんで、事態を渾沌《こんとん》とさせたもう一つの理由は、陸軍部内に青年将校たちに対する同情者が多かったことである。皇道派の軍人はみな同情派であった。これに対

する統制派の軍人も、青年将校をおそれて明確な意思表示をする者は、石原大佐のほかにいない。

だから、青年将校を説諭するにも、何だか彼らに同情的になってしまう。

「陸軍大臣告示（二月二六日午後三時二〇分、東京警備司令部）

一、蹶起ノ趣旨ニ就テハ天聴ニ達セラレアリ

二、諸子ノ真意ハ国体顕現ノ至情ニ基クモノト認ム

三、国体ノ真姿顕現（弊風ヲ含ム）ニ就テハ恐懼《キヨウク》ニ堪ヘズ

四、各軍事参議官モ一致シテ右ノ趣旨ニ依リ邁進スルコトヲ申合セタリ」

これではまるで、陸軍大臣もお前らとグルになったゾ、天皇も賛成しておられるゾという意味になるではないか。

東京の警備司令官香椎中将にしてからが皇道派であり、青年将校のファンである。

当局側は、ただオタオタするばかり。

日本政府は、軍部をも含めて、統治能力を失った。法と秩序とは失われ、政治は終焉した。

平静だった一般市民

かくのごとく、五人の重臣は、行使された武力によって、堂々と虐殺され、東京の要衝は、決起軍によって占領された。岡田首相も射殺されたと思われていた（押入れのなかにかくれていて、のちに、奇跡的に脱出に成功する）。

政府は消えてなくなり、高官どもは、武官も文官もただウロチョロと、茫然自失、策の出《いず》るところ知らず、その用例みたいな存在となってしまった。軍隊もどうしてよいか分からない。警察ともなると、お手あげといってもまだ足りない。なんとかしようとする能力も意志もまるでないのだ。どうせ何もできるワケがないんだとばかり、割合に呑気《のんき》であった。

またあんがいと平気であったのが一般市民。兵隊さん何してんの、なんていって話しかけたり、要衝を占領している軍隊の銃器にさわってどやしつけられたりした。野次馬は高みの見物とばかり続々とあつまってきた。

国家機能が停止させられるほどの内乱でありながら、市民生活は、ほとんど支障なく営まれていた。一般国民で怪我した者は一人もいなかった。

さらに重要なことはこれだ。

決起軍が、たとえ反乱軍であろうとも、一般国民を襲う可能性があるなどということは、誰も、夢にも思わなかった。

まことに不思議なことである。

二・二六事件は、はじめからおわりまで、まことに不思議このうえない事件である。

このことについて、三島理論によって分析してみたい。

そのまえに、なぜ、軍隊が自動的に動きだして、重臣を殺し、東京を占領するような大事件が起きたのか。

ふつう、それは、農村の窮乏が原因であると説明される。

このことに関しては、決起した将校および下士官・兵も、軍当局も、事件の原因を説明しようとする学者・ジャーナリストも同意見である。

決起した軍人たちが、異口同音に説明しているところである。

二・二六事件だけではない。

昭和七年に、三上卓をリーダーとする海軍青年将校グループが、犬養毅首相を首相官邸に襲って虐殺した五・一五事件。さらにそのさきがけをなした血盟団事件などの一連の事件の原因も、農村の窮乏にあるとされている。

農民とプロレタリアート

一九二九年(昭和四年)にはじまった世界恐慌は、日本でも猛威をふるったが、最大の被害は農村に集中した。

すなわち、

「農村疲弊は心ある者の心痛の種であり、漁村然《しか》り小中商工業者然りです……軍隊の中でも農兵は素質がよく、東北農兵は皇軍の模範である、その出征兵士が生死の際に立ちながら、その家族が飢えに泣き後顧の憂いあるは全く危険である……財閥は巨富を擁して東北窮民を尻目にかけて私欲を逞うしている、一方東北窮民のいたいけな小学子弟は朝食も食べずに学校へ行き家庭は腐った馬鈴薯《ばれいしよ》を擦《す》って食べているといふ窮状である。之を一日捨て丶置けば一日軍を危険に置くと考へたのである」

(五・一五事件の被告後藤映範の陳述)

しかし、真の原因は、さらに深いところにある。丸山真男《まさお》教授の説を聞こう。

（＊軍事費の膨張は益々農村を疲弊させているのではないかという議員の質問）に対して寺内陸相が答弁して曰《いわ》く、

「農村ノ窮乏ニ付キマシテハ、広義国防上ノ見地カラ軍ト致シマシテハ多大ノ関心ヲ持ツテ居リマス……現在ニ於テハ軍隊ノ所在地、又軍需品ノ製造工場ノ所在地等ノ関係カラ、軍需費ノ使用ガ都会ニ集中ノ傾キニアルコトハ之ヲ認メマスガ、工業発達ノ現状ニ於キマシテハ又已ムヲ得ヌ所カトモ存ジマス、併《シカ》シナガラ軍ニ於キマシテハ予算ノ運用ニ於キマシテ多少ノ不利不便ハ忍ビマシテモ、農村ノ窮乏救済、中小工業者ノ寄与ニ努メツツアリマス」

相当苦しい答弁をしております。しかし軍部のこうした主観的希望にもかかわらず、現実はますます反対の方向に進んでゆくのであります。軍需工業の発達につれてその負担がますます農村にかかってゆくこと、しかもこういう優秀な壮丁《そうてい》の供給地たる農村への過度な重圧は現実の問題としても軍として打ちすてておけない問題であります。この矛盾に対する蔽《おお》いがたい不安――それがずっと東条時代まで尾をひいております。むろんナチスでも「血と土」Blut und Bodenという言葉が示すように農民を非常に重視し、世襲農地法などによって、土地に農民を固着させようとしておりますが、しかし何といってもナチスはその名の示すごとく労働者党Arbeiterparteiでありましてナチスが最も精力を集中したのは労働者階級をいかにして、社民党と共産党の勢力、影響からきりはなしてこれをいかにナチ化するかということにあったのであります。その意味では農民の方はいわば本来的にナチス運動の一翼を形成していたわけでありますが、労働者をナチ化させることは非常に困難であり、ナチスにおいてはこの労働者を周知のように労働戦線Arbeitsfrontに組織していわゆるKraft durch Freude(喜びを通じて力を)というような懐柔政策によってナチズムの担い手にさせることに最も努力し、腐心したのであります。ところが日本のファシズムのイデオロギーにおいては、労働者は、終始小工業者や農民に比べて軽視されているのであります、比較的「下から」の急進ファシズム運動においてすでに然りであります。……五・一五事件の論告中にも「農民の疲弊、小中商業者の窮乏」とだけあって労働者階級には言及されていません。第二期における軍部イデオロギーを典型的に表現しているパンフレット「国防の本義とその強化の提唱」(昭和九年一〇月)――例の「たゝかひは創造の父、文化の母である」という名文句で始まり、議会で大いに問題となったパンフレットですが――を見ても「国民生活に対し現下最大の問題は農山漁村の匡救《きょうきゅう》である」といい、「都市と農村の対立」という図式で問題を提出しております。むろん、これらの文書の作者が故意に工業労働者に言及しなかったわけではないでしょう。国民生活の窮乏を言う際には、当然、労働者階級のことも含めて考えていたにちがいありませんが、揃いもそろって、農民と中小商工業者のことだけ取り上げているところに、彼等の意識のなかにプロレタリアートの占めている比重の低さが窺われるのであります。

（論文『日本ファシズムの思想と運動』）

いまや、古典的となった丸山真男教授のファシズム分析である。

決起のイデオロギー

青年将校の大多数は、中小地主ないしは自作農出身である。彼らが率いる兵士の精髄と考えられるのが農民とくに東北農民である。

首相官邸を襲撃した栗原安秀中尉

このことに気付きながら、寺内陸軍大臣のごとく、口でこそ、

「農村ノ窮乏ニ付キマシテハ、広義国防上ノ見地カラ軍ト致シマシテハ多大ノ関心ヲ持ツテ居リマス……農村ノ窮乏救済、中小工業者ノ寄与ニ努メツツアリマス」

などとほざきながら、あまり実効性のある努力をしようとはしない。

これでは、青年将校たちが、「之を一日捨てゝ置けば一日軍を危険に置くと考へ」るのも当然ではないか。

決起将校たちのイデオロギーの中核はここにある。

この点、五・一五事件のときも、二・二六事件に関しても、少しもかわることはない。

これらの事件の思想的背景については、さらに複雑なものがあることを丸山真男教授は分析した。

マルキストならば、これは、日本資本主義の矛盾のあらわれであると主張するだろう。

筆者は、二・二六事件ほど、天皇制の本質と、日本社会の構造的特色を如実に露呈する事件はないと思う。

いよいよ、右の準備のもと、三島理論によって分析を行う。

二・二六事件に関する著述、論文にはいくたのものがあるが、ここでは、松本清張著『昭和史発掘』を参照しつつ議論を進めてゆきたい。

重臣は堂々と虐殺され、東京の要衝は決起軍に占領され、政府は消滅した。軍官ともに周章《しゅうしょう》狼狽《ろうばい》、策の出るところを知らない。

その後に生起したことは、不思議このうえもないことである。

事件をスケッチし分析を加えたい。

決行部隊と正規軍

そもそも決行部隊と正規軍との関係はいかなるものであったろうか。

名前こそ〝決行部隊〟などとはいっても、勝手に軍隊を動かして、政府高官を殺し、首都の要衝を占領しているのである。いま仮に正当性の問題をしばらく措いても、決行部隊は反乱軍か、さもなくんば、革命軍（「維新軍」といってもよい）である。正規軍（政府軍）とは敵味方の関係である。生命がけで戦って、決行部隊が負ければ反乱軍として討伐され、勝てば、革命軍として新しい政府をつくる。

これ以外の論理は、全くありえない。日本でも外国でも、これ以外の論理は、あったためしがない。その、ありうるはずのないことが、昭和十一年二月二十六日の夜に起きた。

事件の勃発した初日の二月二十六日夜は、決行部隊が占拠位置を徹宵《てつしょう》警戒だった。戦時警備令によって彼らは歩三連隊長の渋谷大佐の指揮下に入り、警備隊の一部に編入され、「官軍」意識に浸って、ひとまず事態は小康を保ったわけだが、その間に戒厳令施行の手続が遅れながらも着々とすすんでゆく。

（『昭和史発掘』）

決行部隊は、正規軍たる歩兵第三連隊長たる渋谷大佐の指揮下に入って、なんと、警備隊に組みこまれたのであった。

想像を絶する出来事である。

クロムウェルの鉄騎隊が、チャールズ一世の麾下《きか》に加わり、ロンドンを警備するようなものではないか。政府を潰滅させ、東京を占領した決行部隊が、政府軍の指揮下に入って、自分たちが軍事占領している東京の警備にあたるというのである。

それで、「官軍意識に浸って、ひとまず事態は小康を保った」とはどういうことだろう？

マッカーサーが、日本を軍事占領するために、大日本帝国陸軍の指揮下に入った。こうとでも考えなければ、この例は、とうてい説明できない。

ＳＦだって、滑稽談だって、ここまで荒唐無稽だと、ボツにされてしまうだろう。

反乱軍が政府軍に

外国はいうまでもなく、日本だって、こんなことは考えられなかった。

徳川時代や戦国時代以前については説明するまでもない。ときの権力者に対して抵抗した者は、断固討伐あるのみである。討伐されるのが嫌ならば、後醍醐天皇のように、反乱軍が権力者をうち倒すほかはない。

その中間ということは、ありえないのだ。もっとも、和睦ということも理論上、考えられないことではない。しかし、外国との戦争の場合とはちがって、政府軍と反乱軍が和睦するということは、双方がたいへん嫌うのだ。こういうことにとくに寛大な日本でさえ、西南戦争、神風連、佐賀の乱、主だった者は、みんな殺されたではないか。竹橋事件のように、単なる待遇改善を要求して近衛兵があばれるという、ストライキに毛が生えたていどの事件ですら、反乱兵は、きびしく鎮圧された。

世界史におけるいかなる例をみても、政府軍と反乱軍との平和共存、これはありえない。和睦すらほとんどありえないことなのに、二・二六事件に際しては、決行部隊は、和睦どころかそのままズルズルと正規軍のなかに入りこんで、警備隊になってしまった。

「警備隊」なんていったって、いったいぜんたい、なんのために、何をどう警備するつもりなんだ。

「警備」が必要になったというのも、もともと、決行部隊が、政府を消滅させ、東京を占領したからではないのか。かかる事態に対処するために警備が必要になったというのに、ことを起こした当人が、その警備役を買って出るというのだから、放火魔に火の用心をさせるようなものだ。

もっと重大なことはこれだ。

かくまで、ありうべからざる事態に直面して、軍首脳が、これは不思議だとは思わないことである。

軍首脳のほとんどは、「反乱軍」をそのまま正規軍に組み入れるなんて、そんなベラボーな、と思うかわりに、これは名案だといわんばかりにとびついた。いきりたっている決行部隊を正規軍の指揮下に入れれば、気もやすまって、もうあばれないだろう、というのである。

いずれにせよ、なんでこんなベラボーといってもいいことが起きたのか。その合法的根拠は、いったい、どこにあるのか。

大逆罪以上の大罪

それは、戦時警備令による。

「戦時警備令」によって、決行部隊は、「合法的」に警備隊の一部に編入された。

歩兵第三連隊長の渋谷大佐もこれを許可し、決行部隊の側でも、ヤレヤレこれで官軍になれたワイと喜んだ。

ここに、われわれは、「日本人の法意識」を、端的にみる思いがする。

決行部隊は、日本政府を潰滅させ、東京を軍事力で占領した。

これが合法的であるはずはない。決行部隊は、大日本帝国の法律を蹂躙《じゅうりん》した。これは、たいへんな大日本帝国に対する挑戦である。しかし、彼らのイデオロギーからすれば、国家の法律なんかよりも、「尊皇」「討奸」の大義のほうがずっと重いのである。

でも彼らの行為は非合法である。

誰だって分かる。

まして、陛下の軍隊を勝手に動かした。

これは軍人的センスからいえば、非合法のなかでも、最大の非合法である。ほかのどんな非合法が許せても、この非合法だけは、断じて許すことはできない。大逆罪以上の大罪なのである。

決行部隊は、すでにこの大罪をおかしている。

これは、大日本帝国の法に対する真っ向からの挑戦である。

欧米的センスからすると、彼らの行為は、大日本帝国そのものの否定ということにほかならない。

いや、天皇の地位の否定とも解釈されかねない。いや、ほとんど確実に、このように解釈されることであろう。

橋本欣五郎の登場

さて決行部隊は戦時警備令によって合法性を獲得したと喜び、「官軍」になった青年将校たちは、正規軍のトップたる軍事参議官連中に対して、尊大きわまりない態度をとる。日頃そっくりかえっている将軍も、いまや、卑屈そのものなのだ。

ここに一人の人物が登場する。

三月事件の首謀者、橋本欣五郎《きんごろう》だ（三月事件が未発におわって地方にとばされ、鳴りをひそめていた）。

クーデターがメシより好きな男だが、酒と女と贅沢も好き。青年将校たちからは堕落したとみなされて仲間に入れてはもらえなかった。二・二六事件決行の際、相談もされていない。

しかし、いまや決行部隊は東京を占領し騎虎の勢いと聞き、橋本の血がさわいだ。矢も楯もたまらず急遽上京してきた。

陸軍大学教官兼参謀本部員で、青年将校たちと気脈が通じている田中弥《わたる》大尉といっしょに決行部隊の司令部に陣中見舞いに行くことにした。

決行部隊の司令部は陸軍大臣官邸だ。

「——第一歩哨《ほしょう》までくると車を止めて、助手台の田中弥が飛び降りた。そして右手を高く上げて、

『尊皇！』とどなる。するとすぐ歩哨が答えて、

『討奸！』っていうんだ。尊皇、討奸が山と川との合言葉ってわけさ。それで田中が、

『野戦重砲第二連隊橋本欣五郎大佐！　連絡ずみ！』

『ようし、通ってよし！』

そこで田中が車へ乗り込んで次へ行くと、第二哨というのがある。それも同じように通って、大臣官邸までくると下士哨だ。大かがり火を焚いて着剣の銃を構えたのが十五、六名もいたが、すさまじい光景だったね。なかなか厳重なもんだよ。ここでも同じようなことをすると、

『それは遠路御苦労でござる。容赦のうお通り召され！』

哨長は曹長だったが、芝居の台詞《せりふ》もどきで大時代のことを真顔でいったね。まったく明治維新の志士気取りだ」

明治維新の志士気取りといえば、お茶屋でクーデター計画を論じ「酔うては枕《まくら》す美人の膝」を行った橋欣らのほうが先輩であろう。

陸相官邸の警戒線はこのように三重になっていた。最後の内線は下士官が見張っている。決行部隊の司令部だけに厳重であった。橋本は官邸の中に入る。

「廊下に机や椅子をいっぱい積み重ねて、なんだかバリケードみたいなことをしていた。気負った青年将校たちが軍刀をガチャつかせてさっそうと歩き回る中を、阿部（信行）や林（銑十郎）なんぞ陸軍大将の軍事参議官連が四、五名腰をかがめてウロウロしとる。見られたざまじゃなかったよ。中尉ぐらいがあごをしゃくって、あっちへ行っとれ、なぞ命令口調でどなっとるんだ」

ちょうど軍事参議官と決行幹部との会見時だったらしい。橋欣の話しぶりのオーバーな点を差し引くとしても、軍事参議官連の卑屈、青年将校の尊大さはこの通りに近かったであろう。陸軍大将をあごで指示する尉官の爽快な気分は想像にあまりある。橋本は広間に行くと、

「野戦重砲第二連隊長橋本欣五郎大佐、ただいま参上した。今回の壮挙まことに感激に堪えん！　このさい一挙に昭和維新断行の素志を貫徹するよう、及ばずながらこの橋本欣五

郎お手伝いに推参した」とよばわった。

（『昭和史発掘』）

橋本大佐のこの言動は決行部隊への煽動である。それどころではない。「この橋本欣五郎お手伝いに推参した」という以上、今後は共犯になるぞという意思表明である。橋本は、三島野戦重砲連隊の現職の連隊長である。連隊長は、めったなことでは衛戍地《えいじゅち》をはなれてはならないのを、状況視察という名目で一日だけ東京出張の許可をもらったのであった。

その公用出張中の橋本大佐が、「反乱軍」のお手伝いをしようというのだからおそれいる。決行部隊が反乱軍と確認され、責任者が銃殺されたあとにもこのことが問題にされることはなかった。

帝国ホテルでの密談

この橋本欣五郎大佐と満州国の生みの親石原莞爾大佐、それに満井《みつい》佐吉中佐が加わって、帝国ホテルのロビーで、三者会談がもたれた。

会談の主目的は、誰を総理大臣にするか、ということである。石原は東久邇宮《ひがしくにのみや》を、満井は真崎甚三郎大将を、橋本は建川美次《よしつぐ》中将を推した。各人それぞれの利害関係がからまっているので、いっこうに意見の一致がみられない。

これでは収拾がつかない。時間も経つことなので、満井が妥協案として海軍の山本英輔《えいすけ》大将を出した。山本は加藤寛治《ひろはる》と同じく海軍側の親皇道派である。暫定内閣の意味で、石原も橋本もだいたいこれに同意した。

（『昭和史発掘』）

これはいったい、どういうことだ。

それぞれ、一介の中級将校にすぎない石原、橋本、満井の三人が相談して次の総理大臣を決めるというのである。

ここに彼らの、いや、大多数の日本人の天皇観が窺える。

大日本帝国憲法第十条に「天皇ハ文武官ヲ任免ス」とある。

最高文官たる総理大臣も天皇が任命する。これは、天皇大権の重要な一部分を構成する。「天皇制」の大原則からすれば、最重要文官たる総理大臣の選定は、天皇の専権事項であって、一臣下の妄《みだ》りに議すべからざることである。もっとも、大日本帝国は立憲国家であるから、立憲政治の原則を通してならよい。国民が、この人を総理大臣にしたいと思えば、総選挙において、この人が率いる政党に投票する。その結果、この党を第一党たらしめる。そして、天皇は立憲の本義に基づいて第一党党首たるこの人を首相に任命する。

このような方法以外で首相を決定することは、天皇に対しては大逆となり、立憲の本義に悖《もと》ることになる。

それであればこそ、大功をたてた元老（元勲）といえども、誰を総理にしたらよかろうという天皇の御下問があってはじめて、それに対する奉答というかたちで総理の候補者を推薦する。それも、藩閥全盛の世ならいざ知らず、なるべく立憲の本義にそった推薦をするのがのぞましいとされていた。

天皇制の大原則

石原、橋本、満井の三名、次期首相を考えるに際して、天皇のことも、憲法のことも、少しも念頭に浮かばなかったとは、いったい、どうした了簡《りようけん》なのだろう。軍人は、たいがい、憲法にうといのであるが、それにしても、「天皇制」の大原則からすると、「大権私議」は大罪である。これにすら気付いていていない。

方法論的にいっても、これはたいへんにおかしい。「大権を私議」した結果、仮に首相の候補者が一人にしぼられたとして、それを、いかなる方法によって天皇に推薦するのか。従来の慣行によれば、御下問なくして首相候補を天皇に推薦する方法はない。

また、たとえ非常の方法をもって、首相候補を天皇に推薦したとして、天皇がそれを拒否したらどうする。

天皇は、責任ある有司が一致して決定し、これを言上した場合には、たとえお気に召されなくても裁可される。それが立憲政治の大義であるからである。しかも天皇は、責任ある君主として、関係ない者が口出しすることを極度に嫌われる。てんで、おとりあげにならないのだ。「反乱軍」はいうまでもなく、政治に口出しすべきでない軍人、しかも大佐ていどの石原や橋本なんぞが首相を推薦したところで、おとりあげになることはあるまい。相手にもなさらないことだろう。

首相を推薦しても、これを天皇が拒否いや無視なさったらどうする。

石原や橋本もだが、決行部隊のリーダーたる青年将校たちも、このことを考えたことがあるのか。

天皇が承諾しないとき、決行部隊の軍事力でこれを強要するか。これは謀叛である。彼らが唱える尊皇とは、天皇に反逆して逆賊になることであったのか。

それとも、天皇がおとりあげにならないなら仕方ありませんといってひきさがるか。ならば「昭和維新」は画餅《がべい》に帰すであろう。

どっちにするつもりなんだ。

反乱軍のジレンマ

決行部隊の主張（Cause）は、かくのごとくもおそろしい矛盾《ジレンマ》を内包している。

あるいは、このジレンマには、はじから目をつぶって、天皇を傀儡《かいらい》（あやつり人形）化し、ただ唯々諾々、彼らの意見に盲従させるとでも考えていたのか。

彼らの旗印のひとつは、天下も知るごとく、天皇親政である。

では質問す。彼らが主張する「天皇親政」とは天皇を彼らのロボットとして自由にあやつって勝手気ままなことをなすことであったのか。

これこそまさに、彼らが攻撃してやまない奸臣の所為ではないか。いや、それ以上だ。二・二六事件、五・一五事件の青年将校たちが、軍官のトップや財閥を奸臣と決めつけ殺そうとする理由は、これらの「奸臣」が天皇と国民とのあいだに立ちはだかって国政を壟断《ろうだん》しているとみたからである。

しかるに、決行部隊のリーダーたる青年将校の思想と行動は、右にみたごとく、畢竟《ひっきょう》、天皇のロボット化にゆきつかざるをえないことになる。

この根本問題について、誰も本気になって考えてみない。いや、意識にすらのぼらなかったといったほうがいいだろう。

彼ら青年将校の「尊皇」は、結局、「大逆」にゆきつき、「天皇親政」は、「天皇のロボット化」にゆきつく。

青年将校たちは、こんなこと、夢にも思ってはいなかっただろう。

しかし、気の毒千万ながら、彼ら青年将校たちが、生命をすてて、ただ誠心誠意行動すればするほど、そのゆきつく果ては、こういうことになってしまうのである。

では、なぜ、そんなことになってしまうのか。

これを説明しうるのは、三島哲学をおいてほかにない。

兵士たちの手紙

次に、三島理論によって二・二六事件を説明するのであるが、そのまえに、これまた何人《なんぴと》の想像を絶する怪奇現象を一瞥《いちべつ》しておきたい。

何も知らされず、二月二十六日の払暁、突然、非常呼集をかけられて連れ出された一般の下士官・兵たちの思想と行動とはいかなるものであったろうか。

これまた、世界に類をみないものであった。どんなに説明されても、外国人には、こんなことが本当に生起したとは、とても信じられない。

兵士たちは、徴兵されたとき、戦争で敵兵を殺すことは予想していたろう。自分たちが戦死することも覚悟していたことだろう。軍人になった以上、当然のことだ。

しかし、自分の国の大臣を、いきなり射殺すべく出動するなどとは夢にも思ったことはあるまい。善良なる庶民のセンスからは、あまりにもズレすぎているからである。

それに、一般の下士官・兵たちは、青年将校みたいにしっかりした思想教育を受けていたわけではない。

彼らは、ごく普通の日本の庶民であった。ところが、ひとたび軍事行動が開始されるや、彼ら平凡な兵士たちは、一瞬にして豹変《ひょうへん》した。虎変《こへん》した。

善良な庶民は、生命も惜しまぬ昭和維新の志士に早変わりした。

「お寒い折柄お父様お母様お変りもありませんか。新聞やラジオで知っていると存じますが、我が皇軍は国家の奸賊斎藤内大臣外五名を討ち取り戦時ケイビ（警備）に入り宮城前から永田町、半蔵門から日比谷、ほとんど軍隊の手に入り犬の子一つ通す事を許さなくなりました。自分も軍人として大いにキンチヤウし、いつも実弾を手に握り斎藤内大臣のヤシキへ乗込みました。それ以来連隊に帰らず市内のケイビに当り、歩哨に立ち、宿は地方人（民間人）の家を借り、夜もよく寝られず交代に歩哨に寒い雪の中に立ち、通る自動車、人をどなり、其の命令に服して居ります。今の所では戒厳令が下り、いつ連隊に帰れるかわかりません」

（近歩三中橋隊網倉清二より東京市浅草区山谷町二ノ一二、網倉富蔵宛）

「拝啓　毎日雪が降りますが皆様にはお変り有ませんか。

私は二月二十六日の五時に海軍大将鈴木勘太郎（ママ）を三連隊六中隊安藤一度（ママ）ころした。

それから東京市中毎日のろえ（露営）である。私は実包を五百発もっている。ピストルは五〇発いつも死す事をかくごしているから家の事は心配しない、次男君は私が死したら家の事をたのむ、毎日東京は鉄砲のタマがとぶ、二十八日は永田町幸楽にいるよ、こんばんあたりは鉄道大臣をころすかわからない、とにかく連隊にかへるのはいつだかわからない。兵士はまるで戦せん（線）のごとくである。

家のものによろしく。さようなら。だれにも話すな秘」

（山王下「幸楽」の清水章造より東京市足立区六日町、清水利兵衛宛）

「丁度決行止む頃寒気は身に浸み雪がチラチラと降り出したる次第です。其れで宮中では重臣連の御前会議、参謀本部では我々の決行の善悪で大論判あり、もし我々に有利に導ければ国賊の汚名は着せられないでしょうが、どう解決するや知れず各地の軍隊でも皆其の人によって肚が違ひますから自分達は何時戦って死ぬやも知れず、もし自分が敵の弾にあたって斃《たお》れし場合は線香の一本も上げて下さい。今は最早や便りは絶対禁止で大便所にかくれやっと書いたんです。一筆一筆に名残惜しいですが此れにて失礼します。では永遠に貴女の幸福を祈ってやみません。生きていたら又其の中にゆっくり詳細御聞かせします。皆々様の御健康祈って止みません」

（佐原真一より新潟県南蒲原郡加茂町、桐生某女宛）

これらは、決行部隊に参加した兵士たちの故郷への書簡である。兵士たちは国賊の汚名を着せられるのではないかとおびえてはいても、お国のために戦死する決意をかためている。

決意された天皇

「尊皇義軍」（それまで彼ら自身は「蹶起部隊」「維新部隊」「維新義軍」とばらばらに称していたが、二十六日夕方からは「尊皇義軍」とも自称した）の兵士たちに東京を占拠されて、軍首脳は、手も足も出ない。

軍の上層部は、終始、ゆれにゆれていた。

微動だにしなかったのは、天皇ただひとり。

天皇は決行部隊を当初より許さなかった。

二十六日には本庄侍従武官長を二、三十分ごとに呼んで、事件の成行について質問し、鎮圧を督促していたが、二十七日の様子は「本庄日記」に具体的に写されている。

「此日拝謁ノ折リ、彼等行動部隊ノ将校ノ行為ハ、陛下ノ軍隊ヲ、勝手ニ動カセシモノニシテ、統帥権ヲ犯スノ甚シキモノニシテ、固《モト》ヨリ、許スベカラザルモノナルモ、其精神ニ至リテハ、君国ヲ思フニ出デタルモノニシテ、必ズシモ咎ムベキニアラズト申述ブル所アリシニ、後チ御召アリ、

朕ガ股肱《ココウ》ノ老臣ヲ殺戮《サツリク》ス、此ノ如キ兇暴ノ将校等、其精神ニ於テモ何ノ恕《ジョ》スベキモノニアリヤト仰《オオ》セラレ……」

(『昭和史発掘』)

天皇の決意が、かくも明確かつ不動のものであることが知れると、ぐらついていた軍首脳も腹をくくり〝収拾〟に向けて動き出した。真崎大将をはじめ、決起軍を支持していた将軍たちの態度もぐらつき、最後には決起軍を見棄てた。

「尊皇義軍」は、「反乱軍」となり討伐されることになった。

兵ニ告グ

歩一機関銃隊、杉崎利一元二等兵の話。

叛乱軍と呼ばれるようになったときに受けた衝撃は大きかった。

空腹をかかえて重機関銃座をつくった。新国会議事堂の工事中で、大きな御影石《みかげいし》がごろごろしていた。それを空き腹に持ち上げて運ぶのだから、ほんとうに参った。

首相官邸のカーテンを引き裂いて繃帯《ほうたい》をつくったり、ゴボウ剣を磨いたりした。遺書も書いた。最期となれば、兵隊どうしで刺し違えようなどと話し合ったりした。

（『昭和史発掘』）

兵士たちは、昭和維新のために死ぬ覚悟を決めていたが、国賊になることは、死んでも嫌だ。天皇も、「兵は殺すな」と厳命された。

「反乱軍」の兵士たちの父兄は戒厳司令部にどなりこんだ。われわれの子弟の生命は天皇陛下に捧げてある。しかし、外国との戦争で戦死するならともかく、こんなとこで死なせるためではねェ。討伐でもしてみろ、ただではおかぬゾ。ふだんはおとなしい庶民が、怒り狂った。

戒厳司令部は、飛行機からビラをまいた。

いまに伝えられるあの名文句である。

「下士官兵ニ告グ

一、今カラデモ遅クナイカラ原隊へ帰レ

二、抵抗スル者ハ全部逆賊デアルカラ射殺スル

三、オ前達ノ父母兄弟ハ国賊トナルノデ皆泣イテオルゾ

二月二十九日　　戒厳司令部」

下士官・兵は、続々と帰順して二・二六事件はおわった。

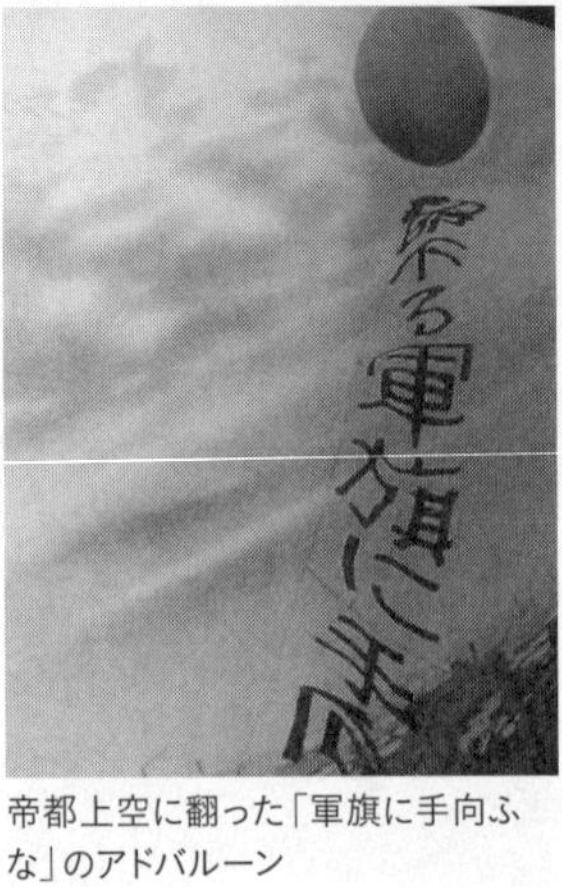

帝都上空に翻った「軍旗に手向ふな」のアドバルーン

二・二六事件を貫く「空」の論理

二・二六事件においては、論理が消滅してしまった。言葉のうえの論理だけではなく、政治の論理も軍隊の論理も法の論理も何もかもだ。

決行部隊は、尊皇義軍であると同時に反乱軍である。また、尊皇義軍でもなく反乱軍でもない。

これらの命題がすべて成立するということは、形式論理学（記号論理学）上ありえないことである。それが成立するのが二・二六事件なのだ。

これこそ、三島哲学の根底にある唯識論《ゆいしき》の「論理」である。

唯識論については、次章でくわしく説明する。

仏教哲学の精華たる唯識論は、もちろん、仏教の極意たる「空《くう》」の思想のうえに立つ。

空は有でもなく、無でもない。また、有でないのでもなく、無でもないのでもない。そのうえ、有と無以外のものでもなく、かつ、有でもあり無でもある。

空の「論理」は、人類がギリシア以来親しんできた論理とは別世界の「論理」である。

二・二六事件を貫いているのは、ギリシア以来の論理ではなく、まさしく、この空の論理である。

決起軍は反乱軍である。ゆえに、政府の転覆を図った。それと同時に、決起軍は反乱軍ではない。ゆえに、政府軍の指揮下に入った。

決起軍は反乱軍であると同時に反乱軍ではない。ゆえに討伐軍に対峙しつつ正式に討伐軍から糧食などの支給を受ける。

決起軍は反乱軍でもなく、反乱軍でないのでもない。ゆえに、天皇のために尽くせば尽くすほど天皇の怒りを買うというパラドックスのために自壊した。

二・二六事件における何とも説明不可能なことは、すべて右の空の「論理」であますところなく説明される。

英霊の声

二・二六事件をめぐっての、人々の思想と行動は、三島哲学の根底をなす唯識論によってのみ説明されうる。かかる唯識論者にとっては、「天皇」もまた、識《しき》のあらわれにほかならない。たとえば「天皇は神である」という識は顕在化して、「天皇は神でなければならない」となる。

ゆえに、彼の次の一文に、三島思想の根本が存する。

二・二六事件に際して天皇は、いかにあるべきであったか。


同じ丘。しかし空は晴れず、雪は止んでいるが、灰色の雲が低く垂れ込めている。そのかなたから、白雪の一部がたちまち翼を得て飛び来ったやうに、一騎の白馬の人、いや、神なる人が疾駆して来る。

白馬は首を立てて嘶《いなな》き、その鼻息は白く凍り、雪を蹴立てて丘をのぼり、われらの前に、なほ乱れた足掻《あがき》を踏みしめて止る。われらは捧刀の禮《れい》を以てこれをお迎へする。

われらは龍顔《りようがん》を仰ぎ、そこに漲る並々ならぬ御決意を仰いで、われらの志がつひに大御心にはげしい焰を移しまいらせたのを知る。

『その方《ほう》たちの志はよくわかった。

その方たちの誠忠をうれしく思ふ。

今日よりは朕の親政によって民草《たみくさ》を安からしめ、必ずその方たちの赤心《せきしん》を生かすであらう。

心安く死ね。その方たちはただちに死なねばならぬ』

われらは躊躇なく軍服の腹をくつろげ、口々に雪空も裂けよとばかり、「天皇陛下萬歳！」を叫びつつ、手にした血刀をおのれの腹深く突き立てる。かくて、われらが屠《ほふ》った奸臣の血は、われらの至純の血とまじはり、同じ天皇の赤子《せきし》の血として、陛下の御馬前《おんままえ》に浄化されるのだ。

われらに苦痛はない。それは喜びと至福の死だ。しかしわれらは、肉にひしと抱擁される刃《やいば》を動かしつつ、背後に兵たちの一せいのすすり泣きを聞く。寝食を共にし、忠誠を誓ひ合ひ、戦場の死をわが手に預けてくれた愛する兵士たちの歔欷《きよき》を聴く。

そのとき、世にも神《かん》さびた至福の瞬間が訪れる。大元帥陛下は白馬から下り玉ひ、われらの若い鮮血がくれないに染めた雪の上に下り立たれる。そのおん足もとには、われらの今や死なんとする肉體《にくたい》が崩折れている。陛下は死にゆくわれらを、挙手の禮を以てお送りになる。

われらは遠ざからんとする意識のうちに、力をふるって項《うなじ》を正し、龍顔をふり仰ぐ。さしも低く垂れ込めた雲が裂けて、一條の光りが、龍顔をあらたかに輝やかせる。そしてわれらは、死のきはに、奇蹟を見るのだ。

思ひ見よ。

龍顔のおん頬に、われらの死を悼むおん涙が！
雲間をつらぬく光りに、数條のおん涙が！
神がわれらの至誠に、御感《ぎよかん》あらせられるおん涙が！
われらの死は正しく至福の姿で訪れる……。

（河出書房新社『英霊の声』）

巨巌にくだけ散った波

唯識論によれば、すべては識のあらわれであり、その根底にあるのが阿頼耶識《アーラヤ》。しかし、もし、識などという実体が存在するなどと考えたら、これは仏教ではない。識もまた空であり、相依《そうい》（相互関係）のなかにあり、刹那《せつな》に生じ、刹那に滅する。確固不動の識などありえないのだ。ゆえに、識のあらわれたる外界（肉体、社会、自然）もまた諸行無常なのだ。

二・二六事件の経過もまた、諸行無常そのものであった。

決行部隊のリーダーたる青年将校たちの運命たるやまるで、平家物語の現代版である。

名もなき青年将校が、一夜あければ日本の運命をにぎり、将軍たちはおびえて彼らの頤使《いし》にあまんずる。昭和維新も目前かと思いきや、あえなく没落。法廷闘争も空しく銃殺されてゆく。この間の世の動き、心の悩み。何生《なんしょう》も数日で生きた感がしたはずだ。

将軍たちの無定見、うろたえぶり。変わり身の早さ。海の波にもよく似たり。

この間、巨巌《きょがん》のごとく不動であったのは天皇だけであった。

天皇という巨巌にくだけて散った波。これが三島理論による二・二六事件の分析である。

第二章　戦後天皇制に挑戦した三島由紀夫

などてすめろぎは人間となりたまひし

戦後日本における天皇制批判の最高峰は、三島由紀夫であろう。わけてもその絶頂をなすのが、『英霊の声』と『豊饒《ほうじょう》の海』四部作である。

というと驚く人が多いであろう。『英霊の声』はともかく、『豊饒の海』は、とくに天皇制批判を行っているわけではないのではないか。その『豊饒の海』は、難解なことでも有名である。第一部『春の雪』の解説者・佐伯彰一氏は、「いわば本質的に強烈な挑戦をふくんだ作品であり、今なお解きほごしがたい数々の謎と問題をはらんで、ぼくらの前に屹立《きつりつ》している」といっているが、この意見に同感する人は多いことだろう。

戦後天皇制に真っ向から独力で挑戦したのが三島由紀夫であり、「三島思想の秘密」を探ることなしに、戦後天皇制の謎は解きあかせない。

戦後、天皇制批判は簇生《そうせい》したが、みるべきものはほとんどないといってよい。マルクス主義からの天皇制批判は戦前から行われてきた公式主義的なものの焼き直しにすぎず、その魅力のないこと、戦前の教科書的「皇国史観」といい勝負であろう。いわゆる「皇国史観」が、明治維新達成と同時にその歴史的使命を終えたごとく、マルクス主義からの天皇制批判は、終戦と同時に意味を失ったといえよう。

戦後における天皇制研究のきわめてすぐれたものとして、われわれは、丸山真男教授と彼の門下生によるもの、山本七平氏によるものをもっている。これらは、真っ向からの天皇制批判というよりも、天皇制の社会科学的分析と呼ばれるべきものであろう。この意味で範疇《はんちゅう》を異《こと》にするがゆえに、筆者は、丸山説、山本説をめぐる議論は、まとめてこれを別の機会にまわしたい。

巷間《こうかん》、三島由紀夫は、天皇絶対主義者として知れわたっている。その三島が、真っ向からの天皇制批判者であるといえば、世人に奇異の感を与えよう。

この主張も、話を『英霊の声』にとどめるならば、賛成する人もあるだろう。

「などてすめろぎは人間《ひと》となりたまひし。
　などてすめろぎは人間となりたまひし。
　　などてすめろぎは人間となりたまひし」

の絶叫で終わるこの作品は、二・二六事件のときの天皇の態度と、天皇の人間宣言を批判する作品だといわれる。周知だと思われるが、当該の部分を次に掲げる。

「日本の敗れたるはよし
農地の改革せられたるはよし
社会主義的改革も行はるるがよし
わが祖國は敗れたれば
敗れたる負目を悉《ことごと》く肩に荷《にな》ふはよし
わが國民はよく負荷に耐へ
試煉をくぐりてなほ力あり。
屈辱を嘗《な》めしはよし
抗すべからざる要求を潔く受け容《い》れしはよし
されど、ただ一つ、ただ一つ、
いかなる強制、いかなる弾壓《だんあつ》、
いかなる死の脅迫ありとても、
陛下は人間なりと仰せらるべからざりし。

世のそしり、人の侮《あなど》りを受けつつ、
ただ陛下御一人《ごいちにん》、神として御身を保たせ玉ひ、
そを架空、そをいつわりとはゆめ宣《のたま》はず、
（たとひみ心の裡《うち》深く、さなりと思《おぼ》すとも）
祭服に玉體を包み、夜昼おぼろげに
宮中賢所《かしこどころ》のなほ奥深く
皇祖皇宗《こうそこうそう》のおんみたまの前にぬかづき、
神のおんために死したる者らの霊を祭りて
ただ斎《いつ》き、ただ祈りてましまさば、
何ほどか尊かりしならん。
などてすめろぎは人間となりたまひし。
　などてすめろぎは人間となりたまひし。
　　などてすめろぎは人間となりたまひし。
　　　………………………。」

（『英霊の声』）

日本の呪ひ手

三島由紀夫は、別の機会に、「わたしが現下日本の呪《のろ》ひ手であることは、貴兄が夙《つと》に御明察のとほりです」（『橋川文三氏への公開状』）と断言している。ほかの機会にも、同様な発言は多い。

これらを総合してみると、三島由紀夫は、天皇絶対主義者である。天皇神格論者である。彼が批判の対象としているのは、「天皇の人間宣言」以後の「天皇制」であり、戦後の新憲法下の「天皇制」である。また、彼が理想とする天皇像から逸脱した天皇の行為である。

三島解釈は、ここまでなら、おそらく反対する人はいないであろう。

しかし三島由紀夫の天皇制批判は、このように単純で底の浅いものではない。彼の天皇制批判は、天皇制を根底からゆるがすものであり、深刻きわまりないものである。

このことについて論ずるまえに、コメントを一つ。

「天皇制」という用語《ターム》は、昭和初年、マルキストによって使用されたことをもってはじめとする。それまでは、かかる用語はなかった。それは、「天皇制打倒」という熟語のかたちで使用された。それが、いつのまにか、一般にも使用されるようになり、この頃では、「右翼」までが使っているありさまだ。筆者は、純然たる唯名主義者《ノミナリスト》だから、正確に意味さえ通ずれば名称なんか何でもいいと思っている。皮肉なことに、たいがいのマルキストはノミナリストなのに、自分自身でこのことを知らない。「資本主義」（capitalism）という用語は、マルキストが好んで使用するものであるが、マルクスは、この用語を使ってはいない。この用語は、「ブルジョワ経済学」の巨魁《きょかい》ゾンバルトによってはじめて使用されたのだ。ざっとこんなものである。筆者もこれでいいと思うのであるが、三島由紀夫は、本質的に、ノミナリストではありえない。ゆえに三島は、天皇制という用語を使用しない。

三島由紀夫の天皇批判が、いかに激烈このうえないものであっても、それは、マルキシズムの「天皇制」批判と同様なものではありえない。では、それは、いかなるものであるのか。彼の天皇批判は、著しくその表現の仕方を異にするとはいえ、栗山潜鋒《せんぽう》や安積澹泊《あさかたんぱく》の天皇制批判と、社会科学的に、同型なものである。

栗山潜鋒の安積澹泊のといっても、日本人はすっかり忘れてしまっている。これらの名前を聞いたことのある人は、おそらく鮮《すく》なかろう。これらの、すっかり忘れ去られた重要な思想家については、別の機会に論ずることにしたい。

三島由紀夫「四部作」

三島思想の研究――まだその緒《いとぐち》にもついていないのであるが――を進めるにあたって、研究の中心は、やはり、『豊饒の海』四部作におかれるべきであろう。

その理由は、昭和四十五年十一月二十五日の朝、この作品の最終稿を編集者にわたしてから市ヶ谷の自衛隊に斬りこんだというだけの理由によるのではない。この四部作は、その内容において、三島の思想的著作の圧巻であるからである。川端康成は、『豊饒の海』は、三島の作品のなかで最高の価値がある、といった。本稿においては、三島文学すべてを論ずる余裕はない。この四部作は、哲学的、社会科学的に、三島作品中、卓絶した最高のものであるといえば足りよう。

天皇制とくに戦後天皇制の本質を理解するうえで、謎にみちた、それでいて、これほど適切な素材は、ほかにない。

しかも、この四部作の思想的、社会科学的意味は、まだ少しも理解されていないといってよい。解説者はいう。

そこで、一巻ごとに主人公は夭折《ようせつ》をかさねながらも、くり返しべつの形に蘇ってくるという本書をつらぬく基本パターンは、あくまで個人単位の、個の完結を大前提とし、立て前とする西欧型の近代小説に対する大いなる挑戦、正面切ったアンチテーゼ提出の企てであったと言い切りたいのである。いや、魂の永生、蘇りというばかりか、およそ魂というものの存在自体に疑いの眼が向けられているのが現代だとすれば、この三島四部作は、現代に巾《はば》ひろくゆきわたった通念、現代人の常識そのものに対する果敢な挑戦状といえるだろう。

（新潮文庫『春の雪』解説）

思想的にいうならば、ああ、何たる誤解！

「魂の永生、蘇りというばかりか、およそ魂というものの存在自体に疑いの眼が向けられているのが現代」で、三島四部作は、このことに対する挑戦状だとするが、はたしてそうか。

魂の存在を否定

三島は、断じて、魂の存在なんぞ認めてはいないのである。それを信じないのではなく、明確に魂の存在を否定している。このことを、本当に理解しないと、三島思想の何もかにも分からなくなる。

三島は、断言する。

　仏教を異教と分つ三特色の一つに、諸法無我印というのがある。仏教は無我を称《とな》えて、生命の中心主体と考えられた我《アートマン》を否定し、否定の赴くところ、我の来世への存続であるところの「霊魂」をも否定した。仏教は霊魂というものを認めない。生物に霊魂という中心の実体がなければ、無生物にもそれがない。いや、万有のどこにも固有の実体がないことは、あたかも骨のない水母《くらげ》のようである。

　しかし、ここに困ったことが起るのは、死んで一切が無に帰するとすれば、悪業によって悪趣に堕ち、善業によって善趣に昇るのは、一体何者なのであるか？　我がないとすれば、輪廻転生《りんねてんしょう》の主体はそもそも何なのであろうか？

仏教が否定した我の思想と、仏教が継受した業《カルマ》の思想との、こういう矛盾撞着《どうちゃく》に苦しんで、各派に分れて論争しながら、結局整然とした論理的帰結を得なかったのが、小乗《しょうじょう》仏教の三百年間だと考えられるのである。

この問題がみごとな哲学的成果を結ぶには、大乗の唯識を待たねばならないのであるが、小乗の経量部にいたって、あたかも香水の香りが衣服に薫《くん》じつくように、善悪業の余習が意志に残って意志を性格づけ、その性格づけられた力が引果の原因となるという、「種子薫習《しゅうじくんじゅう》」の概念が定立せられて、これがのちの唯識への先蹤《せんしょう》をなすのだった。

（新潮文庫『暁の寺』）


「仏教は霊魂というものを認めない」。くれぐれも、このことを銘記しておいて頂きたい。日本人はたいがい、仏教とは、死後の霊魂の面倒をみる宗教だと思いこんでいる。これ以上の仏教誤解は、またと考えられない。この仏教誤解は、日本人の宗教音痴を如実に示す一例として、宗教社会学的に、頗《すこぶ》る興味がある。しかし、誤解は困る。この致命的仏教誤解が、三島思想理解への最初の巨大な障壁として立ちはだかっているのだ。

いかにも、三島四部作は、解説者がまさしく理解しているように、

そして、第一巻『春の雪』の末尾の註で、作者自身の明言しているように、これは『浜松中納言物語』を典拠とした「夢と転生の物語」であった。平安朝のあの胸苦しいまでにロマンチックで、夢と現実の境界さえ定かならぬような物語におけると同様に、ここでも主人公の「夢」が異常に大きな役割をあたえられ、主人公の「転生」、生れ変りといった異常事すら「夢」の予言通りに、「夢」にみちびかれて成就するのである。

（『春の雪』解説）

これは間違いない。

『豊饒の海』四部作は、輪廻転生の書として有名である。

それでいて、「霊魂」なんていう固有の実体の存在を断じて認めてはいない。この文学的にすぐれた解説者は、「果して作者自身、こうしたロマンチックな『転生』を心から信じていたのだろうか、……魂の永生ではないにせよ、せめて転生を信じたい気持が、作者の内側で働いていたことは否めまい」（『春の雪』解説）といっているが、三島由紀夫は、「魂の永生」どころか、「魂の存

在」を否定しているのである。

日本人の仏教理解としては、このように言明することは、唐突すぎよう。三島は、親切にも、小説作品のなかにおいて、このことの解説を行っている。バイロンやH・G・ウェルズならともかく、日本人の小説作法からすると、まことに異様である。三島が、日本文学の伝統を無視して、仏教は魂の存在を否定していることを、読者に理解させるべく、長々と説明している理由は、これなくしては、三島思想の理解はありえないからである。

ミリンダ王とナーガセーナ

仏教研究者に対してはあまりにも有名な、それでいて、日本仏教徒にとってはほとんど知られていない、『ミリンダ王の問い——インドとギリシアの対決』である。筆者は、仏教の本質を理解するための入門書として何がよいかという初学者の質問に接するたびに、『ミリンダ王の問い』を挙げることにしている。『般若心経《はんにゃしんぎょう》』？　冗談もやすみやすみいって頂きたい。日本人はすぐ『般若心経』こそ仏教の真理のダイジェストだといいたがる。でも、これを読んで、初学者が理解できるだろうか。いや、初学者だけじゃない。日本人は、よほど、『般若心経』が好きだとみえて、その解説書にいたっては、汗牛充棟《かんぎゅうじゅうとう》もただならぬほどである。これらの書を読んで、筆者がつくづく感ずることは、ああ、この本の著者は『般若心経』が少しも分かっていないのではないのか。『般若心経』とは、実は、そんなに分かり易いお経ではないのです。

カントは、文章の長さとそれを理解する時間との関係について、「こんなに短くなかったら、もっと短かったろうに」(『純粋理性批判』序文)といっているが、あまりに簡潔にしすぎると、それを理解するための時間が長くなる。般若心経を理解したければ、むしろ、般若諸経を全部読むことをおすすめする。たいへんな作業だが、このほうが、むしろてっとり早い。日本人は、かかる知的作業をしないものだから、『般若心経』を百万遍となえたの、一万回写経したの、とかなんとかで、なんとなく仏教の真理が分かったようなフィーリングになって、呪術的効果を期待する。

これは、仏教の真の理解のためには、とんでもない邪道である。

三島由紀夫の仏教理解が、いかに徹底したものか。三島は決して、そこらへんの日本人がやりたがるように、『般若心経』の解説なんぞしはしない。宗教音痴の日本人に仏教の神髄を理解せしむるために、『ミリンダ王の問い』を引用し解説する。これのみにて三島の仏教理解の深さ、はるかに日本人を超えていると評せずんばなるまい。少し長いけど、問題の急所だ。引用しておこう。味読されることを希望する。この考え方が分からないことには、一歩も先に進めないのだ。

「王問うて曰《い》わく、
『尊者《そんじゃ》よ、何人でも、死後また生れ返りますか』
『ある者は生れ返りますが、ある者は生れ返りませぬ』
『それはどういう人ですか』
『罪障《ざいしょう》あるものは生れ返り、罪障なく清浄《しょうじょう》なるものは生れ返りませぬ』
『尊者は生れ返りなさいますか』
『もし私が死するとき、私の心の中に、生に執着して死すれば、生れ返りましょうが、然らざれば生れ返りませぬ』
『善哉《なるほど》、尊者よ』」

——このときから、ミリンダ王の心には熾《さか》んな探究欲が生れて、次から次へと執拗に輪廻転生についての問を投げかける。仏教における「無我」の論証と、「無我であるのに、なぜ輪廻があるのか？」という輪廻の主体に関する王の追究は、ギリシア的な対話による螺《ら》旋《せん》状の究理を以て、ナーガセーナに迫るのである。なぜなら、輪廻が、善因楽果・悪因苦果の、業《カルマ》相続によって応報的に起るものならば、そこには行為の責任を負う恒常的な主体がなければならないが、ウパニシャッド時代にはみとめられた我《アートマン》が、長老の属する部派仏教のアビダルマ教学ではきっぱり否定された以上、まだ後《のち》の世の精巧な唯識論の体系を知らない長老は、「実体としての輪廻の主体はない」と答えるにとどまった。

しかし本多は、輪廻転生を、一つの燈明の譬《たと》えを以て説き、その夕べの焔、夜ふけの焔、夜のひきあけに近い時刻の焔は、いずれもまったく同じ焔でもなければ、そうかと云って別の焔でもなく、同じ燈明に依存して、夜もすがら燃えつづけるのだ、というナーガセーナの説明にえもいわれぬ美しさを感じた。縁生《えんしょう》としての個人の存在は、実体的存在ではなく、この焔のような「事象の連続」に他ならない。

そして又、ナーガセーナは、はるかはるか後世になってイタリアの哲学者が説いたのとほとんど等しく、

「時間とは輪廻の生存そのものである」

と教えるのであった。

（『暁の寺』）

仏教のエッセンス、ここにつきているといってよい。

インド哲学とギリシア哲学

筆者は、ページ数の都合を無視しても、もうちょっと説明を補っておきたい誘惑にかられざるをえない。三島由紀夫先生、仏教の理解はさすがのものながら、もう少し、この宗教史上画期的な、「ミリンダ、ナーガセーナ論争」の背景について説明しておく必要はなかったのか。

この大論争は、『ミリンダ王の問い――インドとギリシアの対決』の副題が示すように、インド哲学とギリシア哲学とのあいだの最も尖鋭的な対決であった。

肉体とは別の魂などという実体の存在を主張することこそ、実に、ギリシア哲学の成果である。プラトン哲学の最大成果の一つといえよう。そんなものを、絶対に認めないのが、仏教である。そこで、「魂」の有無をめぐって、ギリシア人たるミリンダ王と、インド人たるナーガセーナ長老とのあいだに、論争の火花が散る。ま

ミリンダ王とナーガセーナ長老の応酬

ことに、興味津々としてつきないが、まずは、右に引用した三島の文章について、コメントしておきたい。

次の個所に、とくに注意されたい。

「王問うて曰わく、
『尊者よ、何人でも、死後また生れ返りますか』
『ある者は生れ返りますが、ある者は生れ返りませぬ』
『それはどういう人ですか』
『罪障あるものは生れ返り、罪障なく清浄なるものは生れ返りませぬ』」

これぞ、初等的ながら、仏教の本質を、このうえないというほど、みごとに要約している。「生れ変わり」＝輪廻転生、それは、まがうべくもなく、罪の証《あかし》なのである。このことの理解を出発点にすえることなしに、三島理解は不可能である。

では、三島四部作は、「罪の書」ではないのか。まさしく、その通りである。このことが、いかなる意味をもち、三島の天皇制批判において、いかなる役割を分担するのか。

これについて論ずることこそ本稿のテーマなのであるが、そのまえに、読者諸君の仏教理解を徹底させるために、かの「ミリンダ、ナーガセーナ論争」つまり、ギリシアとインドとの知的決闘をしめくくっておきたい。

ミリンダ王が、ギリシア人としての立場から、あくまでも「魂」の実在を主張するのに反論して、ナーガセーナ長老は、絶対に、そんなことは認めない。ギリシア哲学とインド哲学と、瞑想的意味においては、世界最高の叡知《えいち》が、堂々と正面衝突するのだ。

ミリンダ王の問い

論争の中心は、はたして、人間に、「魂」なんていうものが、有るのか無いのか、このことをめぐってであった。ギリシア人たるミリンダ王は、あくまで魂の存在を主張する。これに反論して、ナーガセーナ長老は、魂などという実体的存在を絶対に認めない。

もっとも、二人とも、大哲学者だから、「魂」なんていうカッコのワルい言葉は使わない、我《アートマン》だとか「人格的実体」だとかいう、哲学上の術語を使う。そんなものは存在しないというのが仏教徒の立場なのだが、ギリシア哲学者ミリンダ王は、このような考え方に対して、断固たる反撃を試みる。ギリシア哲学者たるミリンダ王にとっては、それを「魂」と呼ぼうと「我」と呼ぼうと、それは勝手だが、やはり、「人格的実体」に存在してもらわないことには、哲学的に困るのだ。以下の文章で、「人格的実体」とは〝魂〟のことだと考えて頂いて、中《あた》らずと雖《いえど》も遠からず、というべきか。

すると、ミリンダ王はいった——

「ご参集の各位——五百のギリシア系市民および八千の比丘衆《びくしゅう》——は、それがしの提言を聞かれたい。これなる人物ナーガセーナは、『ここに人格的実体（の存在）は認められぬ』などと申しますぞ。このこと、はたして是認してよかろうか」——と。

ここでミリンダ王は、長老ナーガセーナに（向きなおって）こういった——

「ナーガセーナ先生、もしや（貴説のように）人格的実体（の存在）は認められぬとしますなら、そもそもあなたに対して、木の皮ごろも・食の施し・寝所と座所・いたつきに効ある医療薬という、（不可欠な四種の）修道の資を提供するのは、いったいぜんたい何者なのでしょう。（他方また、提供をうけて）それを活用し、行状を慎しみ、精神修養にいそしみ、就道《マッガ》・収果《バラ》・悟入《ニッバーナ》（の三境地）を如実に体験するなど、（聖なる行為のいちいちを）行なう当事者はいったい何者なのでしょう。生命（有るもの）を損傷し、与えられたのではないものを着服し、欲望にかられて不正をはたらき、うそ偽りをしゃべり、酒を飲み（仏教者の五戒を破ったあげくは）、即座に天罰を招くという五大逆罪を犯すなど、（邪悪な行為のいちいちを）行なう当事者はいったい何者なのでしょう。かくては——善もなし、不善もなし。善・不善の行為をなす者も、なさしめる者もともになし。善・不善の行為がなされても、そこから醸成しきたるもの、（すなわち、因果応報の）果なるものなし。ナーガセーナ先生、もしやあなたを殺す者があろうとも、彼に殺人罪はなし。またあなたには、ナーガセーナ先生、師父なく、教師なく、（したがって）聖職叙任の儀とてもなし——（という理屈になりますぞ）。『同門の人々は、大王どの、それがしをナーガセーナとして遇します』とあなたは（先刻）仰せだが、この際ナーガセーナとは、（以下に列挙するうちの）いったいどれにあたるのです。先生、（生体成分のいずれかが、たとえば）頭髪が、ナーガセーナでしょうか」——と。

「そうではありませぬ、大王どの」

「膚毛《はだけ》が、ナーガセーナですか」

「そうではありませぬ、大王どの」

「爪が…歯が…皮膚が…肉が…筋が…骨が…骨髄が…腎臓が…心臓が…肝臓が…肋膜が…脾臓が…肺臓が…大腸が…小腸が…胃腑が…糞便が…胆汁が…粘液が…膿汁が…血液が…汗が…脂肪分が…涙が…漿液《しょうえき》が…唾液が…鼻汁が…滑液《かつえき》が…小便が…頭蓋のなかの脳髄が、ナーガセーナですか」

「そうではありませぬ、大王どの」

「（生体発現を規定する五組成要因《カンダ》いずれかが、すなわち）様態が…感受が…知覚が…表象が…認識が、ナーガセーナなのですか」

「そうではありませぬ、大王どの」

「そうではなくてと、では先生、様態・感受・知覚・表象・認識の総体が、ナーガセーナなのですか」

「そうではありませぬ、大王どの」

「そうではなくてと、では先生、様態・感受・知覚・表象・認識とは別に、ナーガセーナがあるというわけですか」

「そうではありませぬ、大王どの」

「それがしは、先生、あなたに問いを重ねつつ、ナーガセーナ（のなんたるか）をいっかな合点できませぬ。ナーガセーナとは、先生、単なる名辞に尽きるのか。それにしても、（存在なくしては名辞はないはず、）この際、ナーガセーナとは何者か。先生、あなたは事実無根の虚言をなされますぞ、『ナーガセーナ（なるもの）は存在せず』などと」

（平凡社『ミリンダ王の問い』中村元・早島鏡正訳）

ナーガセーナ長老の答え

論争上手（日本とちがってギリシアでは、これはたいした意味をもつ）として、また、大哲学者としてかくれもなきミリンダ王、こういってナーガセーナを問いつめる。

ここまでの論争だと、さしものナーガセーナ長老も、ミリンダ王のたくみな論理に追いつめられたような気がしてくる。

ところがナーガセーナは、仏教の極意皆伝たる「空」の思想をもって、果敢な反撃に転ずる。仏教における「空」の思想、それは、難解無比となっていて、後述のアサンガ（無著《むじゃく》）なんぞは、すでに最高の仏教者としての阿羅漢《あらかん》の位を得、一切の欲望から離脱することができていた。それでいて、「空」の意義がどうしても分からなかった。絶望して自殺することにした。もう、生命がけだ。いや、生命なんかどうでもいいやということになった。地上では、とても、そんなことを教えてくれる者がいるわけがない。仕方がないので、兜率陀天《とそつだてん》に住んでいる弥勒菩薩《みろくぼさつ》（マイトレーヤ）を指導教官にした。アサンガともなると、神通力くらいお手のものである。兜率陀天まで行って教えてもらったり、弥勒先生に、地上まで出張講義してもらったりして、やっとのことで、「空」思想を理解することができた。

これほどまでに、「空」思想の理解は難しい。

あっというまに、仏教者の最高位に達するほどの者が、死にもの狂いで取り組んでも、なかなか分からない。これではどうしようもないというので、天界から出張してきた弥勒菩薩に、教えを乞うて、やっと分かったというのである。これはたいへんだ。とても、東大受験なんていうていどではないことは、容易に理解されえよう。

この「空」思想が分からないことには、三島思想も、分かりようがないのである。

その「空」思想の解説が、表現は初等的ながら、『ミリンダ王の問い――インドとギリシアの対決』に、明確にあらわれている。三島由紀夫自身、紙面の関係だか何だか知らないが、このことについては、あまりくわしく解説してはいない。でも、ここまで分かってもらわないことには、三島思想を良く理解できるとも思えないので、引用し、少しく説明を加えておきたい。

「大王どの、もしやあなたが車でおいででしたのなら、それがしに車（のなんたるか）を述べてくださいませ。大王どの、轅《ながえ》が、車でしょうか」

「いや、先生、そうではありませぬ」

「車軸が…車輪が…車室が…車台が…軛《くびき》が…軛綱が…鞭《むち》打ち棒が、車ですか」

「いや、先生、そうではありませぬ」

「そうではなくてと、では大王どの、轅・車軸・車輪・車室・車台・軛・軛綱・鞭打ち棒とは別に、車があるというわけですか」

「いや、先生、そうではありませぬ」

「大王どの、それがしはあなたに問いを重ねつつ、車（のなんたるか）をいっかな合点できませぬ。車とは大王どの、単なる名辞に尽きるのか。それにしても、（存在なくして名辞はないはず、）ここで車とは何ものか。大王どの、あなたは事実無根の虚言をなされますぞ、『車（なるもの）は存在せず』と。大王どの、あなたは普天《ふてん》のもとに覇王たるかた、しかるに何をおそれてうそ偽りを語られるか。ご参集の各位――五百のギリシア系市民および八千の比丘衆――は、それがしの提言を聞かれたい。これなる人物ミリンダ王は、『それがしは車で参りました次第で』などと申しつつ、『大王どの、もしあなたが車でおいでしたのなら、それがしに車（のなんたるか）を述べてくださいませ』と求められる段には、車（なる存在）を確証できぬ始末ですぞ。このこと、はたして是認してよろしかろうか」

　このような弁論がなされるや否や、五百のギリシア系市民は長老ナーガセーナに歓呼し、ついでミリンダ王にこういった――

「さあて今度は、大王さま、力の及ぶかぎり弁じてくださいませよ」――と。

　するとミリンダ王は、長老ナーガセーナに（向かって）こういった――

「それがしは、ナーガセーナ先生、うそ偽りをしゃべってはおりませぬ。（と申しますのは、）『車』とは、轅・車軸・車輪・車室・車台に依存《パティッチャ》し（た相対関係のもとに）て、（はじめて）呼称・標徴・記号表出・言語的通念・名のみのものとして成立する（にとどまり、それ自体としての存在はない）のでございます」――と。

「よくこそ申された、大王どの、あなたは車（のなんたるか）がおわかりでいらっしゃる。それとまったく同様でございます、大王どの――それがしにつきましても『ナーガセーナ』とは、頭髪・膚毛……脳髄に依存し、様態・感受・知覚・表象・認識に依存し（た相対関係のもとに）て、（はじめて）呼称・標徴・記号表出・言語的通念・名のみのものとして成立する一方、絶対的次元におきましては、ここに（相即して特定の）人格的実体（が存在するものと）は認められぬ」――という次第であります。

（『ミリンダ王の問い』）

仏教の極意たる「空」。それは、「有」でもなく、また「無」でもなく、そのうえ、「有でないのでもなく」「無でないのでもない」というと、ギリシア以来の形式論理学を学んできた者にとっては、まさに、「狂人のたわごと」のように聞こえる。

でも、これは、アリストテレスから発するいわゆる「形式論理学」を前提とした話であって、前提を異にすれば、論理の道筋も、根本的に変わってくる。

あまりに、抽象的な学問の話をしすぎたようである。

二人の後続する議論はあとまわしにして、三島作品に即して、話を進めようではないか。

天人五衰

『豊饒の海』が、難解このうえないといわるる理由は、やはり、その最後の部分であろう。

本多はついに、門跡《もんぜき》——綾倉聡子《あやくらさとこ》にあうことに成功した。

奥に通ずる唐紙《からかみ》が開いた。思わず膝を引き締めた本多の前に、白衣《びやくえ》の御附弟《ごふてい》に手を引かれて、門跡の老尼が現われた。白衣に濃紫《こむらさき》の被布を着て、青やかな頭をしたこの人が、八十三歳になる筈の聡子であった。

本多は思わず涙がにじんで、お顔をまともに仰ぐことができなかった。

卓を隔てて目の前に坐られた門跡は、むかしにかわらぬ秀麗な形のよい鼻と、美しい大きな目を保っておられる。むかしの聡子とこれほどちがっていて、しかも一目で聡子とわかるのである。六十年を一足飛びに、若さのさかりから老いの果てまで至って、聡子は浮世の辛酸が人に与えるようなものを、悉《まぬ》く免かれていた。庭の一つの橋を渡って来る人が、木蔭から日向《ひなた》へ来て、光りの加減で面変《おもがわ》りがしたように見えるだけで、あのときの若い美しさが木蔭の顔なら、今の老いの美しさは日向の顔だというだけのちがいにすぎない。本多は今日ホテルを出るとき、京都の女たちの顔が、パラソルの影で暗んだり明るんだりして、その明暗で美しさの質を占うことができたのを思い出した。

本多が閲《けみ》した六十年は、聡子にとっては、明暗のけざやかな庭の橋を渡るだけの時間だったのであろうか。

（略）

門跡は本多の長話のあいだ、微笑を絶やさずに端座したまま、何度か「ほう」「ほう」と合槌《あいづち》を打った。途中で一老が運んできた冷たい飲物を、品よく口もとへ運ぶ間も、本多の話を聴き洩らさずにいるのがわかる。

聴き終った門跡は、何一つ感慨のない平淡な口調でこう言った。

「えろう面白いお話やすけど、松枝《まつがえ》さんという方は、存じませんな。その松枝さんのお相手のお方さんは、何やらお人違いでっしゃろ」

「しかし御門跡は、もと綾倉聡子さんと仰言《おっしゃ》いましたでしょう」

と本多は咳き込みながら切実に言った。

「はい。俗名はそう申しました」

「それなら清顕《きよあき》君を御存知でない筈はありません」

本多は怒りにかられたのである。

（略）

「いいえ、本多さん、私は俗世で受けた恩愛は何一つ忘れはしません。しかし松枝清顕さんという方は、お名をきいたこともありません。そんなお方は、もともとあらしゃらなかったのと違いますか？　何やら本多さんが、あるように思うてあらしゃって、実はいから、どこにもおられなんだ、ということではありませんか？　お話をこうして伺っていますとな、どうもそのように思われてなりません」

「では私とあなたはどうしてお知り合いになりましたのです？　又、綾倉家と松枝家の系図も残っておりましょう。戸籍もございましょう」

「俗世の結びつきなら、そういうもので解けましょう。けれど、その清顕という方には、本多さん、あなたはほんまにこの世でお会いにならしゃったのですか？　又、私とあなたも、以前たしかにこの世でお目にかかったのかどうか、今はっきりと仰言れますか？」

「たしかに六十年前ここへ上った記憶がありますから」

「記憶と言うてもな、映る筈もない遠すぎるものを映しもすれば、それを近いもののように見せもすれば、幻の眼鏡のようなものやさかいに」

「しかしもし、清顕君がはじめからいなかったとすれば」と本多は雲霧の中をさまよう心地がして、今ここで門跡と会っていることも半ば夢のように思われてきて、あたかも漆の盆の上に吐きかけた息の曇りがみるみる消え去ってゆくように失われてゆく自分を呼びさまそうと思わず叫んだ。「それなら、勲もいなかったことになる。ジン・ジャンもいなかったことになる。……その上ひょっとしたら、この私ですらも……」

門跡の目ははじめてやや強く本多を見据えた。

「それも心々《こころごころ》ですさかい」

（略）

これと云って奇巧のない、閑雅な、明るくひらいた御庭である。数珠《じゅず》を繰《く》るような蝉の声がここを領している。

そのほかには何一つ音とてなく、寂寞《じゃくまく》を極めている。この庭には何もない。記憶もなければ何もないところへ、自分は来てしまったと本多は思った。

庭は夏の日ざかりの日を浴びてしんとしている。


（新潮文庫『天人五衰』）


〝記憶もなければ何もないところへ、自分は来てしまったと本多は思った〟

本当に「何もない」のか、

「松枝さんという方は、存じませんな。その松枝さんのお相手のお方さんは、何やらお人違いでっしゃろ」

「しかし御門跡は、もと綾倉聡子さんと仰言いましたでしょう」

と本多は咳き込みながら切実に言った。

「はい。俗名はそう申しました」

「それなら清顕君を御存知でない筈はありません」

本多は怒りにかられたのである。


もう一度、引用をよくお読み頂きたい。清顕が聡子にとって存在しないというのである。このようなことは、ありうるはずはないことではないのか。これを何と理解する。


「……松枝さんという方は、存じませんな」

「それなら、勲もいなかったことになる。ジン・ジャンもいなかったことになる。……その上ひょっとしたら、この私ですらも……」

門跡の目ははじめてやや強く本多を見据えた。

「それも心々ですさかい」

ここに、三島思想の根幹をなす枠組みが、あますことなく明確に提示されている。

これは、すぐれた芸術である。ゆえに、解説なんていう野暮《やぼ》仕事はせんほうがよろしいという意見もあろう。

だが、その社会科学的意味を明らかにするためには、どうしても解説が必要となってくる。

無著と世親

まず注目すべきことは、聡子が出家した月修寺は、法相宗《ほっそうしゅう》の寺であるということである。日本の民衆にとって、法相ほどなじみのうすい宗派はあるまい。日本人が仏教といったときにすぐ連想するのは、日蓮宗・浄土真宗・禅宗などであろう。華厳宗《けごんしゅう》すら、日本民衆の中深く根を下ろすことはなかった。法相宗ともなると、さらになじみがうすいのである。清水寺といえば有名である。でも、清水寺の宗旨は何かと聞かれてすぐ答えられる人は少なかろう。清水寺のほか、元興寺、興福寺など、法相宗の寺であるが、このことを知る人はあまりいない。

法相宗の教義は唯識説である。

唯識説は、仏教の論理を徹底的につきつめたものであり、仏教哲学の極致である。観念論として、これほど完備したものはないと思われる。インドでアサンガ（無著）、ヴァスバンドゥ（世《せ》親《しん》）によって大成された。唯識説は、有名な玄奘《げんじょう》三蔵によってインドから中国にもたらされ、この唯識説に基づいて法相宗が創立された。わが国へは、七世紀中頃から八世紀中頃にかけて、道昭から玄昉にいたるまで、いろいろなルートによって伝えられた。唯識説は、仏教哲学の極致であるゆえ、仏教研究の専門家には必修である。他方、一般の人々に関心がもたれることは、まず、ありえないといってよい。もともとインド人とはちがって、日本人は瞑想（meditation）が苦手なうえ、論理をつきつめるなどということに仏教の本質をみない。

無著は、小乗の最有力宗派説一切有部《せついっさいうぶ》で出家し、一切の欲望から離脱して阿羅漢（その最高位）を得た。それにもかかわらず、「空」の哲学的意味がどうしても分からない。いくら考えても、完全に理解できない。絶望のあまり自殺することにした。

日本人は、こういう絶望の仕方はしないものである。

無著は得意の神通力で兜率陀天にかけのぼり、将来の仏となるべく修行中の弥勒菩薩から個人指導を受けて、やっとのことで、「空」の意味が理解できた。

無著の弟の世親は、もと、小乗の説一切有部の論客であった。さかんに大乗仏教の攻撃をくりかえしていた。これを憂いた無著は、大乗の教えを説き、世親にこれを理解せしめる。世親は、いままでさかんに大乗仏教を攻撃してきたことを悔い、自分の舌を裂こうとする。無著は、舌を裂いたって仕方がない、それよりもこれからは大乗の教えを広めるために努力すべきであると諭す。

転ずること暴流のごとし

世親は、大乗仏典を解説し、その論理をつきつめて唯識論を成した。その論理を三島由紀夫は解説していう。

門跡は因陀羅網《いんだらもう》の話をされた。因陀羅は印度の神で、この神がひとたび網を投げると、すべての人間、この世の生《しょう》あるものは悉く、網にかかって遁《のが》れることができない。生きとし生けるものは、因陀羅網に引っかかっている存在なのである。

事物はすべて因縁果の理法によって起るということを縁起と名附けるが、因陀羅網はすなわち縁起である。

さて、法相宗月修寺の根本法典は、唯識の開祖世親菩薩の「唯識三十頌《じゅ》」であるが、唯識教義は、縁起について頼耶《ラヤ》縁起説をとり、その根本をなすものが阿頼耶識である。そもそも阿頼耶とは、梵語《ぼんご》Ālayaの音表で、訳して蔵といい、その中には、一切の活動の結果である種子を蔵《おさ》めているのである。

われわれは、眼・耳・鼻・舌・身・意の六識の奥に、第七識たる末那《マナ》識、すなわち自我の意識を持っているが、そのさらに奥に、阿頼耶識があり、「唯識三十頌」に、

「恒《つね》に転ずること暴流のごとし」

と書かれてあるように、水の激流するごとく、つねに相続転起して絶えることがない。この識こそは有情の総報の果体なのだ。

阿頼耶識の変転常ならぬ姿から、無着《むじゃく》の「摂《しょう》大乗論」は、時間に関する独特の縁起説を展開した。阿頼耶識と染汚法《ぜんまほう》の同時更互《こうご》因果と呼ばれるものがそれである。唯識説は現在の一刹那だけ諸法（それは実は識に他ならない）は存在して、一刹那をすぎれば滅して無となると考えている。因果同時とは阿頼耶識と染汚法が現在の一刹那に同時に存在して、それが互いに因となり果となるということであり、この一刹那をすぎれば双方共に無になるが、次の刹那にはまた阿頼耶識と染汚法とが新たに生じ、それが更互に因となり果となる。

存在者（阿頼耶識と染汚法）が刹那毎に滅することによって、時間がここに成立している。刹那々々に断絶し滅することによって、時間という連続的なものが成立っているさまは、点と線との関係にたとえられるであろう。

（新潮文庫『春の雪』）

存在するのは識だけ

唯識論を理解するためには、フロイトなどの精神分析学を思い出すとてっとり早い。フロイト、ユングなどは、顕在意識＝表層心理のほかに潜在意識ないしは無意識＝深層心理を考える。この無意識におけるさまざまな出来事は、当人が全く気付かないのに、その思考と行動とを大きく規定する。

唯識論の論理は、さらに徹底したものである。現代人の理解を助けるために、フロイト的表現をとって説明してゆきたい。フロイトは、「無意識」に、上位自我、イド、リビドー、すすんでは、コンプレックスなどの分析装置を設定する。

では、世親は、「無意識」に、いかなる分析装置を設定するのであろうか。

「無意識」の根本は阿頼耶識である。この阿頼耶識から、末那識が生れる。末那識もまた「無意識」にあって（顕在）意識にのぼってくることはない。阿頼耶識と末那識とのあいだの相互作用は次のようなものである。

末那識は、生んでくれた阿頼耶識をつくづくとながめて、これが自己だと思いこんでしまう。かく思量する、と書いてみても何でもないことのようだが、実にこれは、仏教にとっては大変なことなのだ。すでに強調したように、仏教は、自己――我《アートマン》というものの存在を絶対に認めない。仏教の立場からすると、自己などは存在しない。その存在しないものを、末那識は、錯覚をおこして存在するのだと思量する（考える）。かくて自分だと執着する自我執着心がおこる。かかる我執こそ、諸悪の根源である。これは先天的なものであり、末那識も「無意識」にあるものだから、さしあたっては、どうしようもない。というと、原罪説を連想するかもしれないが、そういうことではない。阿頼耶識自身は善でも悪でもない。それは、前世の善業・悪業を原因として作られたものであるが、その形成過程において、因果律のエネルギーはすべて使いはたされてしまい、今世の阿頼耶識を、もはやどうすることもできない。阿頼耶識は無記（善でも悪でもない）である。

阿頼耶識から、すべてのものが生れ、また、これによって、すべてのものが認識される。

唯識論の立場からすると、存在するのは、識だけである。唯物論が、存在するのは物だけであるというのと正反対である。唯物論が人間の精神活動もまた、脳生理学だとか何だとか、物の働きによって説明するのとまさに正反対に、唯識論は、物（の動き）はすべて識が作りだしたものにすぎないと主張する。存在するのは、識だけである。識のさまざまな活動によって、肉体、社会、自然などのあらゆる活動が規定される。

万物流転

右に、「存在するのは識だけである」といった。これは説明の方便のためであって、仏教哲学の立場からすると、この表現はよろしくない。「存在するものでもなく、存在しないものでもない」と表現すべきである。仏教ではアリストテレス以来の形式論理学のごとく、「存在する」「存在しない」という二分法はとらない。

阿頼耶識も、実体として存在するのではなく、つねに変化のなかにある。刹那に生じ刹那に滅する。実体として存在するものは何もない。「万物流転」である。

このありさまを、世親は、川の流れにたとえた。三島由紀夫は、海の波で表現している。

海、名もないもの、地中海であれ、日本海であれ、目前の駿河湾であれ、海としか名付けようのないもので辛うじて総括されながら、決してその名に服さない、この無名の、この豊かな、絶対の無政府主義《アナーキー》。

日が曇るにつれて、海は突然不機嫌に瞑想的になり、鶯色《うぐいすいろ》のこまかい稜角《りょうかく》に充たされる。薔薇《ばら》の枝のように棘《とげ》だらけの波の茨《いばら》でいっぱいになる。その棘自体にも、なめらかな生成の跡があって、海の茨は平滑に見えるのだ。

午後三時十分。今どこにも船影がない。

鴎の翼さえ黒い。

ふしぎなことだ。これだけ広大な空間が、ただほったらかしにされているのだ。

すると沖に幻の船が浮かんでくる。それがしばらく西へ進んで消える。

伊豆半島はもはや霞に包まれて消えた。しばらくの間、それは伊豆半島ではなくて、伊豆半島の幽霊だった。それから消えた。

消えたからには跡形もない。たとい地図の上には存在しようとも、それはもはや存在しない。半島も、船も、全く同等に、「存在の他愛なさ」に属しているのだった。

現われて、又、消える。半島と船と一体どこがちがうだろう。

見えるものが存在のすべてだとすれば、濃霧に包まれでもしない限り、目前の海はいつもそこに在る。いつもしたたかに存在の用意を蓄えている。

一つの船が全景を変える。

船の出現！　それがすべてを組み変えるのだ。存在の全組成が亀裂を生じて、一艘の船を水平線から迎え入れる。そのとき譲渡が行われる。船があらわれる一瞬前の全世界は廃棄される。船にしてみれば、その不在を保障していた全世界を廃棄させるためにそこに現われるのだ。

刹那刹那の海の色の、あれほどまでに多様な移りゆき。雲の変化。そして船の出現。……そのたびに一体何が起るのだろう。生起とは何だろう。

刹那刹那、そこで起っていることは、クラカトアの噴火にもまさる大変事かもしれないのに、人は気づかぬだけだ。存在の他愛なさにわれわれは馴れすぎている。世界が存在しているなどということは、まじめにとるにも及ばぬことだ。

生起とは、とめどない再構成、再組織の合図なのだ。遠くから波及する一つの鐘の合図。船があらわれることは、その存在の鐘を打ち鳴らすことだ。たちまち鐘の音《ね》はひびきわたり、すべてを領する。海の上には、生起の絶え間がない。存在の鐘がいつもいつも鳴りひびいている。一つの存在。

船でなくともよい。いつ現われたとも知れぬ一顆《いっか》の夏蜜柑《なつみかん》。それでさえ存在の鐘を打ち鳴らすに足りる。

午後三時半。駿河湾で存在を代表したのは、その一顆の夏蜜柑だった。

波に隠れすぐ現われ、浮いつ沈みつして、またたきやめぬ目のように、その鮮明なオレンヂいろは、波打際から程遠からぬあたりを、みるみる東のほうへ遠ざかる。

午後三時三十五分。又、西の方、名古屋方面から、黒い船の鬱然《うつぜん》とした影が入って来る。日はすでに雲に包まれて、燻製《くんせい》の鮭のようになっている。


（『天人五衰』）

仏教における因縁のダイナミズムを、これほどみごとに表現した文章をほかに知らない。唯識論の視点からみるならば、阿頼耶識は水、その他の識を波、縁《えん》を風だとすればよいであろう。

仏教哲学のエッセンス

さて、以上を準備とすれば、三島由紀夫の唯識哲学講義は、容易に理解されえよう。『暁の寺』の左の個所は、敬遠されて読まれないことが多い。しかし、唯識哲学の理解なしに三島を理解することは不可能である。次の引用を熟読玩味《がんみ》されたい。


世界を存在せしめるために、かくて阿頼耶識は永遠に流れている。

世界はどうあっても存在しなければならないからだ！

しかし、なぜ？

なぜなら、迷界としての世界が存在することによって、はじめて悟りへの機縁が齎《もた》らされるからである。

世界が存在しなければならぬ、ということは、かくて、究極の道徳的要請であったのだ。

それが、なぜ世界は存在する必要があるのだ、という問に対する、阿頼耶識の側からの最終の答である。

もし迷界としての世界の実有が、究極の道徳的要請であるならば、一切諸法を生ずる阿頼耶識こそ、その道徳的要請の源なのであるが、そのとき、阿頼耶識と世界は、すなわち、阿頼耶識と染汚法の形づくる迷界は、相互に依拠していると云わなければならない。なぜなら、阿頼耶識がなければ世界は存在しないが、世界が存在しなければ阿頼耶識は自ら主体となって輪廻転生をするべき場を持たず、従って悟達への道は永久に閉ざされることになるからである。

最高の道徳的要請によって、阿頼耶識と世界は相互に依為し、世界の存在の必要性に、阿頼耶識も亦《また》、依拠しているのであった。

しかも現在の一刹那だけが実有であり、一刹那の実有を保証する最終の根拠が阿頼耶識であるならば、同時に、世界の一切を顕現させている阿頼耶識は、時間の軸と空間の軸の交わる一点に存在するのである。

ここに唯識論独特の同時更互因果の理《ことわり》が生ずる、と本多は辛うじて理解した。

（『暁の寺』）

唯識論入門として、これほど簡にして要を得たものを知らない。難解なことで有名な仏教哲学の最高峰が、われわれの足下《そっか》に横たわっているのだ（引用は限りがあるので、くわしくは作品を読んでほしい）。

仏教を研究しようとする学徒のあいだでは、よく、倶舎《くしゃ》三年、唯識八年、といわれる。『倶舎論』を理解するのには三年かかり、『唯識論』を理解するのには八年はたっぷりとかかるというのだ。それが僅か三島由紀夫の作品では十二頁にまとめられている。エッセンスは、ここにつきている。くりかえし精読する価値は十分にある。

輪廻転生の主体

さて、唯識論のエッセンスが理解されたとなると、われわれの冒頭における設問、「霊魂もないのに、いったい何が輪廻転生するのか」に答えられよう。すでに強調したように、仏教は、魂などという実体の存在を絶対に認めない。ヒンズー教とちがって、仏教に「我」は存在しないのである。では、輪廻転生の主体は何か。唯識論哲学は、仏教の論理をトコトンまで追究した結果である。答えは、「それは、阿頼耶識である」でよいのだが、阿頼耶識とその転変などのダイナミズムを説明するために相当の準備が必要である。小乗仏教には、阿頼耶識という考え方はない。また、釈迦は、「阿頼耶識などという考え方を、下手に導入すると、我と間違われるおそれがあるから慎重にしないといけない」（『解深密教《げじん》』）といった。

しかし、小乗仏教であろうと阿含経《あごんきょう》であろうと、いやしくも仏教である以上、「輪廻転生をひきおこす業の本体は何か」という問いに、何らかのかたちで答えなければならない。

三島由紀夫は、タイ仏教との関連において、まず、初等的解答を準備する。

これは、唯識論的立場からみると初等的ではあるが、『豊饒の海』すすんでは三島思想理解のための重要な補助線となりうる。


そこでの輪廻転生観はどんなものであるか、唯識論といかにちがい、いかなる殊色《しゆしよく》を帯びているか、幼ない姫の信仰はともあれ、バンコックの町のいたるところに、鬱金《うこん》の衣を袒《たん》してゆく僧たちの、一人一人の心の底にひそむ輪廻の想はいかなるものか、本多はどうしても知りたく思って、仏書を読み漁《あさ》った。

その結果知りえたことは、これら南伝上座部の教養が、ミリンダ王と語ったナーガセーナ長老の属するアビダルマ教学に源《みなもと》しているということであった。「ミリンダ王問経」の流布の経路について、或る学者は、はじめはおそらくギリシア植民地の西北インドで作られ、これが東のマガダ地方に伝わってパーリ文に改められ、ついで増補されてセイロンに伝わり、やがてセイロンからビルマやタイなどの国々に流布した、と説いている。そしてそれがシャム版大蔵経のMilindapanhaになったのである。

従ってタイの人々の信ずる輪廻観は、ほぼナーガセーナ長老の説く輪廻観と等しいと考えてよい。この派の考え、

「輪廻転生を惹き起こす業の本体は、『思』すなわち意志である」

という考えは、阿含経の所説にも一致し、仏教のもっとも本来の思想に庶幾《ちか》い。動機論の立場に立てば、この派が言うように、人々の肉体や外界の事物には本来善悪はなく、それを善たらしめ悪たらしめるものは悉く心である。「思」である。意志である。

そこまではよいけれども、アビダルマ教学は無我を説くのに、これら物質界全体の無記なることから説き進める。すなわち、そこに一台の車があるとすれば、車を構成する諸

「暁の寺」の舞台になったワット・アルン

要素が、ただの物質的諸要素にすぎないにもかかわらず。それに乗った人が人を轢《ひ》いて逃げることによって、罪の器《うつわ》となるように、心と意志が罪と業の原因をなすのであるから、われわれは本来無我である。しかるに、「思」がこれに乗って、貪《とん》、瞋《しん》、邪見、無貪、無瞋、正見の六業道を以て、輪廻転生を惹き起こす。「思」はこのように輪廻転生の原因であっても、主体ではない。主体はついにわからずじまいである。来世はただ今世の連続であり、この世と一つながりでつづいてゆく終夜の燈明の火が生なのであった。

タイの幼ない王女の心に何が起っていたかを考えると、それだけに本多には、よく納得が行くように思われた。

雨季ごとにあらゆる川は氾濫し、道と川筋と田の境界はたちまち失せ、道が川になり、川が道になるバンコック。あそこでは幼な心にも、夢の出水《でみず》が起って現《うつつ》を犯し、来世や過去世がその堤を破って、この世を水びたしにしてしまうことが、めずらしくないに相違ない。しかも氾濫に涵《ひた》された田からは稲の青々とした葉先がのぞかれ、もとの川水も田水もおなじ太陽を浴び、おなじ積乱雲を映している。

そのように、月光姫の心は、自分も意識しない来世や過去世の出水が起って、一望、雨後の月をあきらかに映しひろい水域に、ところどころ島のように残る現世の証跡のほうを、却って信じがたく思わせていたのかもしれない。堤はすでに潰《つい》え、境はすでに破れた。あとは自在に過去世が語ったのである。

（『暁の寺』）

この解釈は、『豊饒の海』すすんでは三島思想を素朴に理解するのにはてっとり早い。『豊饒の海』は、輪廻転生の物語であるが、輪廻転生の主体は、「意志」である。初等的理解のために、このように措定《そてい》しておこう。

「眠れるか。眠ったほうがいいぜ」

と本多は言った。彼は今しがた見た清顕の苦しみの表情を、何かこの世の極みで、見てはならないものを見た歓喜の表情ではないかと疑った。それを見てしまった友に対する嫉妬が、微妙な羞恥と自責の中ににじんできた。本多は自分の頭を軽く揺った。悲しみが頭を痺《しび》れさせてしまって、次々と、自分にもわからない感情を、蚕の糸のように繰り出すのが不安になった。

一旦、つかのまの眠りに落ちたかのごとく見えた清顕は、急に目をみひらいて、本多の手を求めた。そしてその手を固く握り締めながら、こう言った。

「今、夢を見ていた。又、会うぜ。きっと会う。滝の下で」

本多はきっと清顕の夢が我家の庭をさすろうていて、侯爵家の広大な庭の一角の九段の滝を思い描いているにちがいないと考えた。

——帰京して二日のちに、松枝清顕は二十歳で死んだ。


（『春の雪』）


本多は服を脱いで、パンツ一つになって、滝へ向う小屋の戸口を出た。

高い滝口の明るい茂みのところに七五三縄《しめなわ》を張り、そのあたりにだけ風にさやぐ草木のみどりと白い幣《しで》の飜《ひるがえ》る色があって、目をそこから下へ移せば、すべては暗い岩組《いわぐみ》に護られて、不動明王の小祠《しょうし》を岩穴に据え、繁吹《しぶき》に濡れる羊歯《しだ》も藪柑子《やぶこうじ》も榊《さかき》もほの暗く、ただ一条の細い滝だけが白い。水音は岩組へ反響して凄くきこえる。

滝を浴びているパンツ一枚の三人の若者は、身を倚せ合い、その肩や頭上で水がわかれて四散している。滝音のうちに若い弾力のある肌を叩く水の鞭の音が入りまじり、近寄ると、打たれて紅らんだ肩の肉が滑らかに水しぶきの下に透《す》いて見える。

本多の顔を見るや、一人が友をつついて、滝を離れて、おのがじし丁寧に頭を下げた。滝を譲ろうとしたのである。

本多はその中に飯沼選手の顔をすぐに認めた。譲られるままに滝へ向かって進む。すると、棍棒《こんぼう》で打ちのめされたような水の力を、肩から胸に感じて飛び退《の》いた。

飯沼は快活に笑って戻って来た。本多を傍らに置いて、滝に打たれる打たれ方を教えようとするのであろう、高く両手をあげて滝の直下へ飛び込み、しばらく乱れた水の重たい花籠を捧げ持ったように、ひらいた手の指で水を支えて、本多のほうへ向いて笑った。

これに見習って滝へ近づいた本多は、ふと少年の左の脇腹のところへ目をやった。そして左の乳首より外側の、ふだんは上膊《じょうはく》に隠されている部分に、集まってついている三つの小さな黒子《ほくろ》をはっきりと見た。

本多は戦慄して、笑っている水の中の少年の凛々《りり》しい顔を眺めた。水にしかめた眉の下に、頻繁《ひんぱん》にしばたたく目がこちらを見ていた。

本多は清顕の別れの言葉を思い出していたのである。

「又、会うぜ。きっと会う。滝の下で」

（新潮文庫『奔馬』）

彼がありありと見た転生の不思議は、見た瞬間から、誰にも打明けられぬ秘密になった。人に言えば、彼の頭が狂ったとしか思われないし、裁判官としての不適格はたちまち人の口から口へ伝わるにちがいない。

しかも神秘は、それ自体の合理性をそなえていた。清顕が十八年前、「又会うぜ。きっと会う。滝の下で」と言ったとおり、本多は正《まさ》しく滝の下で、清顕と同じ個所に三つの黒子の目じるしを持った若者に会った。それにつけても思われるのは、清顕の死後、月修寺門跡の教えに従って読んださまざまな仏書のうちから、四有輪転について述べられた件りを思い起すと、今年満で十八歳の飯沼少年は、清顕の死から数えて、転生の年齢にぴったり合うことである。

すなわち四有輪転の四有とは、中有《ちゆうう》、生有《しようう》、本有《ほんぬ》、死有《しう》の四つをさし、これで有情の輪廻転生の一期が劃されるわけであるが、二つの生の間にしばらくとどまる果報があって、これを中有といい、中有の期間は短くて七日間、長くて七七日間で、次の生に託胎するとして、飯沼少年の誕生日は不詳ながら、大正三年早春の清顕の死から、七日後乃至《ないし》七七日後に生れたということはありうることだ。

（『奔馬』）


「又、会うぜ。きっと会う。滝の下で」という清顕の「意志」は、みごとに、転生した。

これで、『豊饒の海』のテーマの初等的理解は、「意志の輪廻転生」であるということが、証明されたことと思う。

七生報国

輪廻転生に限らず、『豊饒の海』のテーマは、阿頼耶識をつうじての意志実現の過程である。このことは、四部作のそれぞれについて容易に証明されうる。

これが第一番目の結論だとすると、必ずや質問があろう。これが何で、天皇制批判と結びつくのか。

三島由紀夫と筆者とで、縷々《るる》説明してきた阿頼耶識の本質を想起して頂きたい。その本質を一言でいえば、「万物流転」――河の流れのごとく、海の波のごとく、刹那に生じ、刹那に滅する。万古不変の実体など、とうていありえない。これは、革命の理論である。

しかし、天皇は、万古不変の実体でなければならない。絶対に革命を拒否しなければならない。これ以外に、天皇の在《あ》りようがない。万物が流転するところに、天皇存在の余地はない。このことについて、リファインされた皇国史観の完成者平泉澄《きよし》博士は論ずる。

易は易即ち變易《へんやく》であるが、同時にまた不易であり常住である。自然界に於いてこれをいへば、天、上に在りて尊《たつと》く、地、下に在りて卑しくこゝに乾坤《けんこん》定まる。これ即ち不易である。故に乾坤の二卦《にけ》を畫《かく》して、以て不易の卦としてあるのであって、是れ即ち君臣父子、定位ありて易《か》ふべからざるの故である。忠孝の道、是に於いてか生ずるのである。孔子のいはれたるが如く、不易なるは、その位であって、天は上に在り、地は下に在り、君は南面し、臣は北面し、父は坐し、子は伏し、それぞれ其の位を易へる事は出来ないのである。……君臣父子の位、忠孝人倫の道に至っては、則ちその變易すべからざること、猶《なお》天地その位を易ふべからざるが如きをいふのである。

（至文堂『萬物流轉』平泉澄、昭和十一年）

これが、万世一系の天皇を支える論理である。天皇の論理は、「万物流転」を否定し、絶対に変易すべからざる確固不動の君臣関係に基礎をおくものでなければならない。断じて刹那に生じ、刹那に滅する流れる河のごときものであってはならない。

唯識論の上に立つ三島理論が、最もラディカルな天皇制批判である第一の理由はここにある。また、その系《コロニー》として、阿頼耶識による転生。これは、天皇に対する真っ向からの挑戦である。このことについての詳論は、やや準備が必要であるので、別の機会にまわす。ここでは、より初等的に、ナーガセーナ式にコメントしておこう。

すでに述べたように、「罪ある者は生れかわり、罪なく清浄なる者は生れかわらない」。輪廻転生――それは罪の証である。

三島思想は、「七生報国《しちしょうほうこく》」を説くといわれている。このために、彼は、「輪廻転生」について記したのだと。しかし、三島の立場に立つ限り、それは罪の証なのである。

三島が下した第二番目のラディカルな結論はこれであった。

「七生報国」は実は罪の証。

新憲法下の天皇ではなく、三島が理想像として掲げる「天皇」さえも、三島思想のまえに、一瞬たりとも安穏《あんのん》として居られるであろうか。

第三章　蘇る三島由紀夫

死霊の世界

「五十になったら、定家《ていか》を書こうと思います」

三島由紀夫は、友人の坊城俊民《としたみ》氏にそういった（角川書店『焔の幻影——回想三島由紀夫』坊城俊民）。

二人の会話を、さらに引用しよう。

「そう。俊成《しゅんぜい》が死ぬとき、定家は何とか口実を設けて、俊成のところへ泊らないようにするだろう？　あそこは面白かった」（坊城）

「あそこも面白いですが、定家はみずから神になったのですよ。それを書こうと思います。定家はみずから神になったのです」（三島）

神になった定家。それは三島由紀夫にほかならない。

ここで、能の「定家」について書いておこう。

時雨の降る初冬が季節になっている。旅僧（ワキ、主役の相手方）が雨やどりしているところへ、式子内親王《しよくし》（シテ、主役）の亡霊があらわれる。

定家と内親王は、人目を忍ぶ仲であった。が、二人の死後もなお定家の恋する想いはつのり、内親王の墓に定家の執心が、葛《かずら》となってまといついている。亡霊はそのように訴え、旅僧を自身の墓に導き、回向を依頼する。

〽式子内親王、はじめは加茂の斎院《さいいん》にそなはり給ひしが、程なく下り居させ給ひしを、定家の卿忍びしのびの御契り浅からず、そののち式子内親王、ほどなく空しくなり給ひしに、定家の執心葛となって、御墓に這いまとひ、互ひの苦しみ離れやらず、ともに邪淫の妄執を、御経を読み弔ひ給はば……

定家が、内親王に会ったのは二十歳のとき。一方の内親王は、二十八か二十九歳だったといわれている。

従五位という身分にすぎない定家が、後白河法皇の第三皇女である式子内親王に恋した。忍ばねばならない互いである。

さて、旅僧は内親王の亡霊に依頼されて、読経する。草木までもが成仏するといわれる経文なのである。

〽草木国土、悉皆《しつかい》成仏の秘を得ぬれば、定家葛も、かかる涙も、ほろほろと解けひろごれば、よろよろと足弱車《あしよわぐるま》の、火宅《かたく》を出でたるありがたさよ。

呪縛からとかれた女は、舞う。だが、その女にはまたもや定家葛が這いまとい、女はそこに埋もれてしまう。

旅僧の読経も、定家の執心を断つことはできなかったのである。

三島由紀夫が書こうとした定家が、この能を下敷きにするものであったのかどうか、もちろん分からない。

だが、三島は、

「定家はみずから神になったのです」

と話している。

これは何を暗示しているのだろうか。

仮面劇の能だが、仮面をつけるのがシテである。シテは、神もしくは亡霊である。

亡霊をシテにして、いわば恋を回想させる夢幻能は、能の理想だといわれる。死から、生をみるのである。時間や空間を超えたものだ。

三島由紀夫が、定家を書こうと考えたとき、やはり能の「定家」が頭にあったにちがいない。現代では、生の世界と死の世界は、隔絶したものにとらえられている。だが、かつて（中世）は、死者は生の世界にも立ち入っていた。

定家は神になって、生の世界に立ち入ろうとした。そう考えた三島由紀夫ではないだろうか。生の世界にあっては成就できない事柄を、死の世界に往くことによって可能たらしめようとしたのが、三島由紀夫だった。

第二章で、三島は魂の存在なんぞは認めていないと書いたが、これは決して矛盾していない。このところは、よく考えてもらいたい。死の世界で「生きる」三島なのだ。

では、何が目的で三島は死の世界を選んだのだろうか。作品などを引用しながら、自決までの経過は次章に示すが、また、それによって読者も推察可能だろうが、より深い行動の意味は、さらに別にある。

残念だが、いまは具体的には示せない。能の「定家」から賢察してもらうより、方法がない。

あえて死の世界へ往き、守ろうとした存在があったのだ。それは何であったか、どういうものであったか……。

もちろん、人間の行動は、ただ一つの理由によるものではない。この世に在っての、複雑な糸が絡みあっての結果だろう。しかし、貫くための熱した想いは、一つに集約できる。

三島は、熱烈な憲法改正論者であった。なにがために熱烈であったのか。戦後天皇制批判者としての立場から当然ではないかと、単純に考えてはいけない。

読者は苛立つだろうが、知る人ぞ知る、としか、いまは書けない。それにまた、原因を詮索することが本書の目的ではない。

「真秀呂場」へ向けて

元陸将補・山本舜勝《きよかつ》氏が、三島由紀夫と自衛隊との接点にあった人物であることは知っていた。「楯の会」の、もう一人の指導者といえる。

機会なくして今日まで出会いはなかった。この山本氏が、かつての部下や楯の会のメンバーを集め、富士山麓の真秀呂場《まほろば》というところで憂国忌を催していると、人づてに耳にした。

富士山麓には、かつて三島由紀夫が「楯の会」会員とともに体験入隊した、自衛隊滝ヶ原分屯地がある。もちろん、これだけの理由で、山本氏がこの地を選んだわけでもないだろう。

筆者は、山本氏に会うことにした。以下は、そのときの対談である。

小室　万葉集巻五に「きこしをす　国のまほらぞ　かにかくに　欲しきまにまに」とあるが、山本さんが建てたのは、その真秀呂場のことですか。

山本　そうです。真秀呂場は、すぐれている場所という意味がある。富士山は、日本を代表する霊峰であるばかりか、世界中に知れわたっている。自決した三島先生も森田氏も、ともに富士に宿る神霊を感得した方です。

小室　私は三島由紀夫に会う機会はなかったが、戦後天皇制に独力で挑戦したことに感嘆する一人です。山本さんは、もちろん三島をただ慰めるという意味で、憂国忌を行っているんではないでしょうね。

山本　鎮魂という思いはあります。が、それよりも、戦後日本のデモクラシーが、日本を滅ぼしたとする、三島精神を受け継ぎ、そしてまた、正当に伝えていきたい。

小室　デモクラシーはおそろしいもんです。これは、別の書物（『日本の「一九八四年」』PHP研究所刊）で発表したことだが、日本人というのは、デモクラシーを一種の自然状態のように考えている。しかし、そうじゃない。日本には、デモクラシーが作動するために必要な部品がない。それが証拠に、現在の日本はデモクラシーとは名ばかりでしょう。テレビ、ラジオ、新聞などは、言論統制をやっている。くわしくここで発言しないけれど、「自由は奴隷なり」だ。

山本　そういう自由であっていいのか、そうしたなかで、日本という国を守ることができるのかというのが、三島由紀夫先生の一つの声であったと考えますね。

小室　自由とは、守りかつ戦いとるものなんだ。業深く論戦してこそ得られるものでしょう。しかし、日本はアメリカから与えられてしまった。与えられた自由は、真の意味での自由ではないんです。だから、三島由紀夫は、戦後日本の呪い手にならざるをえなかったんだ。話が飛躍してしまうけれど、象徴としての天皇制は、むしろ天皇を否定したものではないかと思う。そうでしょう。まあ、この対談では天皇制が目的ではないから、次に進めるとして、具体的に山本さんはどうしようとしているのかを聴きたい。

山本　説明が少し長くなりますけど……。十一月二十五日は「憂国忌」が催されてまして、昭和五十五年に東京・市ヶ谷の私学会館で、私どもで「憂国忌」を行ったんです。私ども、というには理由があって、それぞれ三島先生を慕う者が、グループ毎というか、まあ、そんな形でやっていたので……。このとき五十名ばかりが集まったが、事件後十年になって、はじめて二つのグループが一つの会場で顔を合わせることができたんです。

小室　二つのグループというと、それは、どういう……。

山本　楯の会と自衛隊です。

小室　十年間、会わなかったということですか。それとも、お互いに避けていた……。

山本　根は一つにあるんだが、絆の強かった者同士こそ、気まずくなるという……。別段、互いに気まずいというわけでもないんだが、つまり互いの立場を尊重して会わないことにしていたという表現が正しいでしょうね。しかし、十年一昔ですよ。十年の歳月というものが、互いの心をときほぐしたというわけです。

小室　三島由紀夫にしてみれば、自衛隊に裏切られた、絶望したという悲しみがあったでしょう。しかし、隊員にも言い分はある。さっきの、言論の自由にもどるけど、互いに言い争うことが言論の自由で、フェアというものなんだ。そうでしょう。互いの立場を認め合うというのは、いけないことですよ。せっかく両者が出会いの機会をもてたのならば、これからはお互いフェアにやり合うべきだなぁ。

山本　もちろん……。しかし、三島先生の行動はあまりにもわれわれを激しく制してきたから、それなりの時間と手続きは必要でしてね。

小室　それまでは否定しませんよ。

山本　私なんかは、いろんな方面から非難されてきた。お前はとどのつまり、楯の会を育てる任務を遂行しておきながら、最後には逃げたではないか、とね。

小室　たしかに、そうなるなあ。しかし、だから発言も避けるというのではいけない。トコトン、自分の考えを発言すべきです。

山本　さっきの話にもどるけど、十年目にして楯の会会員と自衛隊員が、同じ会場で心をときほぐすことができた。それから毎年、三島・森田両烈士祭を、富士山を正面にした場所で催してきたが、そこには、彼らもやはり集まってくれましてね。

小室　どこですか、場所は……。

山本　富士宮郊外ですよ。

小室　そうでしたか。

山本　そこはね、「見返し」という地名で……。三島先生の、あの世からこの世を見返す、という書き残した言葉とも合致するので選んだわけです。

小室　つまり、復活の場でもある。

山本　そう、そうなるでしょう。いや、そうさせなければならないんです。

小室　そうなんだ。「などてすめろぎは人間となりたまひし」の絶叫で結んだのが三島由紀夫の

真秀呂場に参集した自衛隊と楯の会の人々

『英霊の声』だが、それを叫ばなければいかん。憲法改正のために、自衛隊の決起を求めた三島由紀夫だったんでしょう。しかし、志は成らず、自決した。自決したことで、三島は、新しい生命を得たといえるんですよ。その生命を受けとめる者は誰かということだ。もちろん、受けとめるだけではいけない。

山本　だからこそ、そうした場を設立しようと考えたんです。

小室　いまは、生き易い時代でしょう。ぼんやりしていても、なんとか食べて生きられる。だから、おそろしい。危険なんだ。いまに必ず、どんでん返しがやってくる。そのために、というわけではないが、安眠、いや惰眠《だみん》を貪《むさぼ》る人間は目覚めさせなければ……。目覚めなかった自衛隊員だが、それは何も自衛隊員だけではないから……。

山本　そういわれると、かつての立場上つらいというか……。

小室　山本さんにいってるんじゃあないんだ。戦後の日本人は、惰眠族だったんだ。メタフォアとしていってるんじゃなく、まさしくそうなんだ。それに対して苛立ったのが、というより耐えきれなくなったのが三島由紀夫だった。清浄な精神をもっていればいるほど、汚れた水、汚れた空気は反吐《へど》をもよおすものでしょう。浄化装置ぐらいのものでは、もうダメなんだな。ではどうしたらいいか。それは、三島由紀夫の声を、みんなして聴かなければいけない。聴くだけではダメだ。聴くということはですよ、ただ耳に受け入れるということではないはずでしょう。魂を変革させることに結びつかなければ、聴いたことにもならん。読書だって同じだ。読むことは、誰だってできる。まあ、理解だってできる。しかし、そんなことは読んだことにならん。読むことは、己の魂を変革させて、はじめて読んだことになるんだ。生き方を、はっきり変えなくちゃあダメだ。三島由紀夫の小説を読んだのではダメだ。その声を、自分自身の声にしなくてはいけない。そうでしょう。だから、その真秀呂場では、そうしたことを忘れないでほしい。いや、ぼくが講師になって、それぞれが自分の内部で、どのように三島由紀夫を復活させるか、そのことを尋ねますよ。というより、ぼく自身の問題にもなるんだ。この書物では、まだそこまで言及できないが、というより、その一歩手前の目的ということでまとめたわけだが……。とにかくですね、復活の声を結集することが大切なんだ。日本の各地にですよ、三島の声を、己のものにしようとしている日本人は、かなりいるはずです。しかし、いまは何となく隠れキリシタンではないが、隠れてしまっている。自衛隊内部でも、事件に触れることを避けているような感じがするんですよ。山本さんの真秀呂場にですね、復活の声をとにかく結集することです。そしてね、三島の作品を輪読すべきじゃないでしょうかね。

山本　昔の、寺子屋式ですね。

小室　そう、そうです。寺子屋こそが、学問の道場だ。三島ファンなんて軽薄な言葉はつかいたくないけど、われわれがどこまで三島の作品を理解しているか、どこまで深く究めているか、ぼくは疑問に思ってる。だから、作品を輪読して、そこから出発することですよ。そうして、三島の思いを伝えていく。そういう意味でも山本さんたちの活動が静かに広がることを期待しています。

近代西欧文明がもたらした物質万能への傾斜が、いまや極点に達していることはいうまでもない。

人間としての存在が、どうあらねばならないのか。それを問う時は来ている。

三島由紀夫は、究極のところ、そのことを人々に問いかけたのだ。作品によって問いつづけ、さらには自決によって問うた。いや、問うたというよりも、死の世界に生きることを選び、この世への「見返し」を選んだ。

五十年後、いや百年後のことかもしれない。だが、そのとき三島由紀夫は、復活などというアイマイなものでなく、さらに確実な形——存在として、この世に生きるであろう。

第四章　帰らざる河

人生を分けた四つの河

昭和四十五年十一月十二日から、池袋の東武百貨店において三島由紀夫展が開催された。この展覧会は、三島事件の一週間前に閉会したが、自らの生涯を、「書物の河」「舞台の河」「肉体の河」「行動の河」の四つの河に分類し、三島自身の企画によって展示されていた。

そこには死を目前にした万感の思いがこめられ、案内のパンフレットには、手直しされたままの自筆の原稿が掲載され、切迫した思いが述べられていた。

それぞれの河について、三島はパンフレットで次のごとく説明している。

書物の河

〈ものを書くことと農耕とはいかによく似ていることであろう。嵐にも霜にも、精神は一刻の油断もゆるされず、たえず畑を見張り、詩と夢想の果てしない耕作のあげくに、どんな豊饒がもたらされるか、自ら占ふことができない。書かれた書物は自分の身を離れ、もはや自分の心の糧となることはなく、未来への鞭にしかならぬ。どれだけ絶望的な時間がこれらの書物に費ひやされ

たか、もしその記憶が累積されていたら、気が狂うにちがいない〉

舞台の河

〈かつて舞台は、仕事をすませてから出かけてゆく愉《たの》しい夜会のようなものであった。……私の創造した人物が、美しい舞台装置の前で、美しい衣裳を身に着けて、笑ひ、怒り、悲しみ、踊っていた。……しかしその愉しみは、徐々に苦味《にがみ》に変わった。……次第にこちらの心を蝕《むしば》んで来たのである。……にせものの血が流れる絢爛《けんらん》たる舞台は、もしかすると、人生の経験よりも強い深い経験で、人々を動かし富ますかもしれない。……戯曲というものの抽象的論理的構造の美しさは、やはり私の心の奥底にある「芸術の理想」の雛型《ひながた》であることをやめない〉

肉体の河

〈この河は、その水路を人生の途中から私にひらいてくれた新しい河であった。私は精神といふ目に見えないものが、目に見える美を作りつづけるといふことに飽き足りないでいた。自分も目に見えるものになってどうしていけないのか？　しかしそのための必要な条件は肉体である。私はやうやくこれを手に入れると、……みんなに見せ、みんなに誇り、みんなの前で動かしてみたくてたまらなくなった。私の肉体はいはば私のマイ・カーだった。

この河は、……さまざまなドライブへ私を誘ひ、……体験を富ませた。しかし肉体には、機械と同じやうに、衰亡といふ宿命がある。

私はこの宿命を容認しない。それは自然を容認しないのと同じことで、私の肉体はもっと危険な道を歩かされている〉

行動の河

〈肉体の河は、行動の河を自然にひらいた。女の肉体ならそんなことはあるまい。男の肉体は、その本然の性質と機能によって、人を否応《いやおう》なしに、行動の河へ連れてゆく。もっとも怖ろしい密林の河。鰐《わに》がをり、ピラニアがをり、敵からは毒矢が飛んで来る。この河と書物の河とは正面衝突をする。いくら「文武両道」などと云ってみても、本当の文武両道が成立つのは、死の瞬間にしかないだろう。しかし、この行動の河には、書物の河の知らぬ涙があり血があり汗がある。言葉を介しない魂の触れ合ひがある。それだけにもっとも危険な河はこの河であり、人々が寄って来ないのも尤もだ。

この河は農耕のための灌漑《かんがい》のやさしさも持たない。富も平和ももたらさない。安息も与へない。……ただ、男である以上は、どうしてもこの河の誘惑に勝つことはできないのである〉

ここで「四つの河」を俯瞰して、切り離し難い相互の関連をスケッチしておこう。

三島は大正十四年に生れた。まもなく、まず「書物の河」が流れはじめた。

やがて二十年ほど経ち、「舞台の河」の水路がみえてきた。それは離合を繰り返し一つの河の二つの流れとして、水量を増しつつ十年ほど経過し、三島は三十歳代に入った。

河幅を拡げながら、河勢を強めた「舞台の河」は、湾曲した河岸を激しくえぐり、ついには、これを突き破って水路を開き、「肉体の河」が突然のごとく流れはじめた。

そして三島は四十歳代に入った。この間この水路の流域は、ますます険しい地形となり、流れはたえずこの岩壁を叩きつづけたが、厳としてそれを寄せつけないかにみえた。

ところがその頃、岩壁の向こう側に忽然として一本の河がみえはじめた。「行動の河」である。それまで流れていた「肉体の河」は、「行動の河」の水路が拡がるにつれて、そちらに主流を移し、やがて一本の河となって「豊饒の海」に向かって流れた。

もちろん「豊饒の海」はそれまで夢幻の世界のものであり、霧のなかに浮かんで見え隠れしていたが、水が流れ出して四十五年目、つまり昭和四十五年十一月二十五日、突如としてこの世に姿をあらわしたのである。

最後のこの「豊饒の海」に流れ込んだ「書物」から「舞台」の河と、「肉体」から「行動」の河は、本来水源を異にし、相対向して正面衝突をしなければやまない二つの河であった。三島はあえてそれを一つの水系にしようとしたのである。

三島のいう、死の瞬間にしか実現しない文武両道の体現である。

これから、三島自身の作品などを引用しながら自決までの経過を客観的に辿ることにしたい。いうまでもなく「書物の河」「舞台の河」について論ずるのが、本稿の目的ではない。したがって幕開けの日付けは「肉体の河」と「行動の河」が流れはじめた昭和四十二年四月十二日とした。三島は当時、四十二歳であった。

肉体の河

1

この日、精悍《せいかん》な顔つきの筋肉の発達した一人の男が、陸上自衛隊幹部候補生学校の門をくぐった。

すでに桜花は散りいそいでいるものの、かつての営庭には桜の老樹が、汗をしたたらせ訓練する若者の喚声《かんせい》に聴き入っていた。

福岡県久留米。かつては第十二師団司令部が置かれ、歩兵第四十八連隊本部があった。

久留米は、筑後平野の中央に位置し、東に高良山《こうらさん》を、西には筑後川と接している。筑後川をのぞむ久留米城跡には、東郷元帥記念館や、藩主の有馬家遺品を納める有馬記念館などが歴史を語り伝えている。志の成らぬのを嘆き自刃した高山彦九郎の墓も、市内の遍照院境内にある。

その日から七日間、体験入隊した男は、汗の匂い、草の匂い、男の匂いにまみれた。肉体を錬磨する歓びに満ちた。

——課業の関係で制服に身を正して居並ぶ朝礼時など、朝風のなかで、上着の茄子《なす》いろの裏地をひるがえして、反省の腕立て伏せをする学生の姿には、一種のさわやかな男らしさがあった。（略）夏の高良山マラソンの練習にいそしむ若い学生の、飛鳥のやうなランニングには追ひつけなかったが、二十二年ぶりに銃を担って、部隊教練にも加はった。肩は忠実に銃の重みをおぼえていた。行動の苦難を共にすると、とたんに人間の間の殻が破れて、文句を云はせない親しみが生ずるのは、ほとんど年齢と関はりがない。私は実に久々に、昼食後の座学の時間の耐へられない眠さを、その古い校舎の窓外の青葉のかがやきを、隣席の友人の居眠りから突然さめて照れくさそうにこちらへ向ける微笑を味はった。

（「自衛隊を体験する」・サンデー毎日・昭和四十二年六月十一日号）

彼はさらに、静岡の自衛隊富士学校滝ヶ原分屯地普通科新隊員教育隊に体験入隊した。与えられた宿舎は、二十数年前に学校の野外演習で宿泊した兵舎であった。

――満開の姫桜の間を縫って、朝日にあたかも汗をかいた白馬のやうな富士を見上げて、半長靴で駈ける朝の駈足はすばらしかった。私はこれほどに春を綿密に味はったことはなかった。（略）山中湖の満目の春のうちをすぎる帰路の行程は佳《よ》かった。私はこれほどに春を綿密に味はったことはなかった。別荘地はまだ悉く戸を閉ざし、山桜は満開、こぶしの花は青空にぎっしりと咲き、湖畔の野は若草と菜種の黄に溢れていた。あくる日から連休に入ったので、私はこれほどにも濃密な、押絵のなかをゆくやうな春と別れて東京へかへった。そして大都会の荒涼としていることにおどろいた。すでに私は、営庭の國旗降下の夕影を孕《はら》んだ國旗と、夜十時の消燈喇叭《しょうとうらっぱ》のリリシズムのとりこになっていた。

（サンデー毎日）

彼の体験入隊はつづき、五月二十五日、習志野の空挺部隊へ移った。

――空挺団はいはば、見えない大きな船に乗り組んだ、船乗りたちの危難共同隊であった。その快活、その元気、その連帯感、その口の悪さは、まさに古典的な船乗りの集団と似通っていた。

（サンデー毎日）

2

このようにして、四十六日間の体験入隊は終わった。

盛りを過ぎた四十二歳の肉体を、兵舎で鞭打ったのは、三島由紀夫であった。幼少年時代、虚弱体質であった彼は、奔放に行動する友人らの肉体を憧憬《しょうけい》したことだろう。と同時に、不信も孕ませたのではなかったか。肉体でもって支配できる世界を嫌悪すらしたのではないか。

が、成長するに従い、ささやかながらも自信を抱くことが可能になった。ボディビルング、剣道によって自己改造した彼は、幼少年時の思いに決別した。

肉体への開眼が、汗をまみらせる行動の歓びを存分に味わわせてくれた。

自衛隊を体験した手記に「夜十時の消燈喇叭のリリシズムのとりこになっていた」とあるが、肉体そのもので行動する男たちの限りない安らぎの一日に、彼もまた警戒心を捨て眠ることができたのだろう。三島由紀夫は喇叭卒として、闇の営庭に立ち、自らの生に向けて消燈の喇叭を吹き鳴らしていたのだ。

——古代ギリシア人の理想は、美しく生き、美しく死ぬことであった。わが武士道の理想もそこにあったにちがひない。ところが、現代日本の困難な状況は、美しく生きるのもむづかしければ、美しく死ぬことはもっとむづかしいといふところにある。(略)美しく生き美しく死なうとすれば、まづその條件を整へて行かねばならない。少くとも、自分の仕事に誠實《せいじつ》に生き、又、國や民族のためには、いさぎよく命を捨てる、といふのは美しい生き方であり死に方であるが、やりがひのある仕事がない、國家自體があやふやである、といふのでは、もう美しい生き方や死に方はありえないから、わがためにも、國や民族の在り方を正して行くことが先決問題である。

さて、武士が人に尊敬されたのは、少くとも武士には、いさぎよい美しい死に方が可能だと考へられたからである。(略)自衛隊に一ヶ月半お世話になった私の心底にはこの気持があった。(略)ひとの場合、自分をいさぎよくするには、武の道に學ぶほかはないと考へたからであった。萬一たび武を志した以上、自分の身の安全は保証されない。もはや、卑怯未練な行動は、自分に対してもゆるされず、一か八かといふときには、戦って死ぬか、自刃するしか道はないからである。しかし、そのとき、はじめて人間は美しく死ぬことができ、立派に人生を完成することができるのであるから、つくづく人間といふものは皮肉にできている。

私は自衛官にはならなかったけれども、一旦武の道に學んだからには、予備自衛官と等しく、一旦緩急あるときは國を護るために馳せ参じたいといふ気持になっている。

（『美しい死』昭和四十二年八月）

3

敗色の濃い昭和十九年五月、三島由紀夫は兵庫県へ父にともなわれ向かった。本籍地の兵庫県印南郡志方村で徴兵検査を受けるためである。

山陽本線の神戸から十一番目の駅が「宝殿《ほうでん》」であり、ここから北へ約四キロのところに志方村はある。現在は志方町であるが、人口一万数千名の田舎町だ。祖父の平岡定太郎の故郷である。

三島由紀夫展のポスター

徴兵適齢（二十歳）に達した男子は、本籍地の徴募区で徴兵検査を受ける。

検査の結果、三島由紀夫は第二乙種であった。

身長一五〇センチ以上で身体強健な者が甲種。それに次ぐ者が第一乙種。次いで第二乙種。第二乙種までの者が合格である。

九月、学習院高等科を首席で卒業し、天皇より銀時計を拝受。

十月、東京帝国大学法学部法律学科に入学した。

翌二十年二月、入隊検査において軍医の誤診のため「即日帰郷」となった。

入隊を前にして、彼は遺言をしたためた。

遺言　平岡公威

一、御父上様
御母上様
恩師清水先生ハジメ
學習院竝《ナラビ》ニ東京帝國大學
在學中薫陶ヲ受ケタル

諸先生方ノ
御鴻恩ヲ謝シ奉ル
一、學習院同級及諸先輩ノ
友情マタ忘ジ難キモノ有リ
諸子ノ光榮アル前途ヲ祈ル
一、妹美津子、弟千之《チユキ》ハ兄ニ代リ
御父上、御母上ニ孝養ヲ盡《ツク》シ
殊ニ千之ハ兄ニ續キ一日モ早ク
皇軍ノ貔貅《ヒキユウ》トナリ
皇恩ノ万一ニ報ゼヨ
天皇陛下萬歳

――薬で抑へられていた熱がまた頭をもたげた。入隊検査で獣のやうに丸裸かにされてうろうろしているうちに、私は何度もくしゃみをした。青二才の軍醫《ぐんい》が私の気管支のゼイゼイいふ音をラッセルとまちがへ、あまつさへこの誤診が私の出たらめの病状報告で確認されたので、血沈《けっちん》がはからされた。風邪の高熱が高い血沈を示した。私は肺浸潤《はいしんじゅん》の名で即日帰郷を命ぜられた。
（河出書房『仮面の告白』）

遺言はこのようにして無用のものになったのである。

この遺言に対して、三島由紀夫は後年になって次のように心境を述べている。

――この遺書を全部ウソだったと云ふのは簡単である。その前に小説集の一つも出した青年の心理が、こんな単純明朗なものであった筈はない。しかし、全部ウソだったと云ってしまっては、又そこに別のシコリが残る。本當でもないが、全部ウソでもなかったとすれば、どこに「本當」があったのか。第一、この遺書を書いたときの私は、ここに書いてあることをそのとほり信じていたわけではないのは自明のことだが、それではそれを全部ウソと考へるやうな「本當」の立場を、自分の中に持っていなかったことも亦《また》自明であって、その「本當」の立場は、却って遺書のはうにあったかもしれないのである。（略）當時は、末梢的な心理主義を病んでいる青年の手をさへとらへて、らくらくとこのやうに書かせるところの、別の大きな手が働いていたのではないか。それは國家の強権でもなければ、軍國主義でもない、何か心の中へしみ通ってきて、心の中ですでに一つのフォルムを形成させるところの、もう一つの、次元のちがふ心が、私の中にさへ住ん

でいたのではないだらうか。（略）
ともかく私は生き残った。遺書は今日、人々を笑はせる。それなりに結構で、おめでたい話にはちがひない。
しかし私は、現代日本におけるいかなる死にも、二度とこのやうなもう一つの見えざる手が書かせる遺書はありえないことを、空虚に感じる心も否定できないのである。でも、まだしも諦めがつくのは、私もかつてはこのやうな大遺書を書いたといふことだ。一生に遺書は多分これ一通で十分であらう。

（文学界・昭和四十一年七月号）

無個性な遺書を、そのまま肯定することがためらわれるものの、否定することも素直にはできなかったのだ。もちろん、入隊当時に記したものを、現在になって否定してみても無意味なのである。肯定と否定とを巧みに織りまぜ、彼は解説してみせた。
が、一生に遺書は多分これ一通で十分であろうと、文を締めくくった彼の心情にウソはなかったのである。表現は異なるが、自決前に自衛隊市ヶ谷駐屯地1号館バルコニーから撒かれた「檄」に、その陰影を読むことができる。

ともあれ、「死」とは無縁になった戦争終結は、彼が遺書をしたためた半年後に訪れたのだった。敗戦という汚辱にまみれたにもかかわらず、人々は無定見ともいえるほどの素直さで、国家の解体を受け入れたのだった。無条件降伏したのであるから、当然といえば当然のことであった。個人が逆らってみたところで、防ぎようのない濁流が襲ってきたのだ。

それを濁流として苦々しく感じたかどうか、それによって戦後における個々の生は方向づけられた。

――戦後の時代は、といふと、私にとっては、一種の（略）桟敷に置かれて見物させられた芝居だった、とでも表現すべきか。すべてに眞實がなく、見せかけだけで、何ら共感すべき希望も絶望もなかった、といふのが、當時の私の正直な感想だ……。

（「私の戦争と戦後體験――二十年目の八月十五日」・潮・昭和四十年八月号）

――妹は腸出血のあげくに死んだ。死の數時間前、意識が全くないのに、「お兄ちゃま、どうもありがたう」とはっきり言ったのをきいて、私は號泣《ごうきゅう》した。

戦後にもう一つ、私の個人的事件があった。戦争中交際していた一女性と、許婚《いいなずけ》の間柄になるべきところを、私の逡巡から、彼女は間もなく他家の妻になった。

妹の死と、この女性の結婚と、二つの事件が、私の以後の文學的情熱を推進する力になったやうに思はれる。種々の事情からして、私は私の人生に見切りをつけた。その後の數年の、私の生活の荒涼たる空白感は、今思ひ出しても、ゾッとせずにはいられない。年齢的に最も溌剌《はつらつ》としている筈の、昭和二十一年から二、三年の間といふもの、私は最も死の近くにいた。未来の希望もなく、過去の喚起はすべて醜かった。私は何とかして、自分、及び、自分の人生を、まるごと肯定してしまはなければならぬと思った。しかし敗戦後の否定と破壊の風潮の中で、こんな自己肯定は、一見、時代に逆行するものとしか思はれなかった。それが今になってみると、私の全く個性的な眞實だけを追ひかけた生き方にも、時代の影が色濃くさしていたのがわかる。

（「終末感からの出発――昭和二十年の自畫像」・新潮・昭和三十年八月号）

このように敗戦後の自身をみる三島由紀夫であるが、文学作品を誕生させるには格好の舞台が眼前にあった。

結果からの言及でしかないが、八月の敗戦が存在しなければ、彼の作品の行方は残された作品群にみる、夏の激しさを所有できはしなかったと思われる。

――また夏がやってきた。このヒリヒリする日光、この目くるめくやうな光りの中を歩いてゆくと、妙に戦後の一時期が、いきいきとした感銘を以て、よみがへってくる。あの破壊のあとの頽廃、死ととなり合せになったグロテスクな生、あれはまさに夏であった。かがやかしい腐敗と新生の季節、夏であった。昭和二十年から二十二、三年にかけて、私にはいつも眞夏が續いていたやうな気がする。あれは兇暴きはまる抒情《じよじよう》の一時期だったのである。

（新潮）

この緊張した文体そのものに、三島由紀夫の戦後が内蔵されているのも事実であろう。〝人生に見切りをつけた〟〝私の生活の荒涼たる空白感〟を、戦後数年間に抱くものの、兇暴きわまる抒情の季節を、ものの見事に肉体化し生きたのも彼であった。

4

翌二十一年、二十一歳の三島由紀夫は、鎌倉に住む川端康成を訪ねた。それは、野田宇太郎の紹介によるものだった。

野田宇太郎は当時を次のように語っている。

「君は文学者になりたいのか、文壇人になりたいのかといったら〝有名な作家になりたい〟とくるんだよ。まだ学生で一本立ちしてないのに、最初から有名な作家になるつもりで、僕を利用するために来ていたのかと怒ったら、だいぶこたえたようだった。川端さんのところへ行った折に〝こういう人間がくるから〟といっておいたら彼は訪ねて行った。そして、川端さんに庇護されて、どんどん翼を伸ばして行った」

同じ二十一年の暮れ、太宰治、亀井勝一郎を囲む会があり、三島由紀夫は友人の矢代静一らと出かけている。和服など着ない三島由紀夫なのに、このときだけは絣《かすり》の着物に袴という衣装をまとっていた。

――そんな恰好をしたのは、十分太宰氏を意識してのことであり、大袈裟にいえば、懐ろに匕《あい》首《くち》をのんで出かけるテロリスト的心境であった。（略）私は来る道々、どうしてもそれだけは口に出して言おうと心に決めていた一言を、いつ言ってしまおうかと隙を窺っていた。それを言わなければ、自分がここへ来た意味もなく、自分の文学上の生き方も、これを限りに見失われるにちがいない。

しかし恥ずかしいことに、それを私は、かなり不得要領な、ニヤニヤしながらの口調で、言ったように思う。すなわち、私は自分のすぐ目の前にいる実物の太宰氏へこう言った。

「僕は太宰さんの文学はきらいなんです」

その瞬間、氏はふっと私の顔を見つめ、軽く身を引き、虚をつかれたような表情をした。しかしたちまち体を崩すと、半ば亀井氏のほうへ向いて、だれへ言うともなく、

「そんなことを言ったって、こうしてきてるんだから、やっぱり好きなんだよな。なあ、やっぱり好きなんだ」

（講談社『私の遍歴時代』）

己を誇示する青年の三島由紀夫だった。

太宰嫌いを標榜するのは、作家としてのライバル意識を燃やしたのだ。

体験入隊した際、防大卒の候補生から文学論を吹きかけられた三島由紀夫は、——あの理工科専門と思はれる大学にも、宿敵太宰治は影響を及ぼしていた。私が、「太宰は人間の弱さばかりを強調したからきらひだ」といふと、彼は、「しかし、やたら強さを売り物にするよりも、弱さを強調するほうが本当の文学者らしいのではないでせうか」などと、耳の痛いことをいふのであった。

（サンデー毎日）

と書いている。つまり、防大卒の幹部候補生から〝一本取られた〟わけだ。俗な表現をするならば、張りきりすぎている三島由紀夫に対して、はるか年下の学生が冷静な視線を投げつけたといえる。

「おれはね、この頃はひとが家具を買いに行くというその話を聞いても、吐き気がするのだ」

そのようにいう三島由紀夫に対して、村松剛が、家庭の幸福は人類の敵？　それじゃ、太宰治と同じじゃないかと応じた。

「そうだよ。おれは太宰と同じなんだ」

三島由紀夫はこういったのだった。

太宰の才気や生き方のなかに、自身との共通点を早くから発見していただけに、最初は反発しつづけたのだろう。

そして三島由紀夫は、太宰とは逆方向の、いわば健康な道を故意に歩きだした。肉体の改造にも走った。

が、行きつくところは同じであった。皮肉なことである。

5

昭和二十五年七月八日、マッカーサーは、吉田首相宛に書簡により警察予備隊の設置を求めた。八月十日、ポツダム政令として警察予備隊令は施行され、隊員の募集が開始された。十月中旬までに七万四百六十八名が入隊した。

二年後の退職金が六万円という、当時としては好条件が示されたために、応募者は三十八万名にも及んだという。

昭和二十七年四月、日米安全保障条約が効力を発し、日本はようやく独立した。

これを機会に、自衛力増強のための保安庁法が七月三十一日、成立した。

「わが国の平和と秩序を維持し、人命及び財産を保護するため特別の必要がある場合において行動する部隊を管理し、運営し及びこれに関する事務を行い、あわせて海上における警備救難の事務を行うことを任務とする」（保安庁法第四条）

警察予備隊はこれによって、海上保安庁の海上警備隊と統合され、保安庁に組みこまれた。

防衛庁設置法案、及び自衛隊法案が国会に提出されたのは、昭和二十九年三月十一日である。激しい論議のうち、両法は七月一日施行になった。

「自衛隊は、わが国の平和と独立を守り、国の安全を保つため、直接侵略及び間接侵略に対しわ

が国を防衛することを主たる任務とし、必要に応じ、公共の秩序の維持に当るものとする」（自衛隊法第三条①）

このような自衛隊発足の経過を、三島由紀夫がどう受けとめていたのか知るよしもないが、体験入隊後に次のように書いている。

――自衛隊は素朴な明るさをそなへているといってよい。彼らの中のある年齢層以下はナイーブ（純情）さと勇気を持っていることがはっきり感じられる。指揮官、老練な将軍の中にもそれがあった。現代日本の若者の中では、率直に云って自衛隊員の方が好《この》もしいと思ふし、彼らの素朴さや團結心といった好《よ》い素質が、より自律的に出れば理想的だと思ふ。（略）私が望んでいるのは國軍を國軍たる正しい地位におくこと、國軍と國民の間の正しいバランスを設定することなのである。そして日本人であること、愛國心、國土防衛、自衛隊の必要性――この四者の関係はイモヅル式で一つ引っぱると全部出て来るものと考へる。

（「青年と國防」・昭和四十二年八月）

自衛隊が誕生する一年前の昭和二十八年三月五日。それは、スターリンが死去した日であったが、三島はこれまでに一度として面識もない、宮崎清隆に電話した。

宮崎清隆は、元憲兵曹長であり『憲兵』なる著作を出版していた。

「じつは、あなたの『憲兵』を読んでたいへん感動したんです。この本こそ芸術の極致ですよ。ぜひ、いちどお会いしたい」（アサヒ芸能・昭和四十五年十二月十日号）

柔道四段、剣道三段の宮崎に会った三島は、戦争中に負った彼の刀傷などをみて、さらに惚れこんだといわれる。

自身が持ちえなかった肉体に、眼を輝かせ、うらやんだ。強い男へ、傾斜する三島由紀夫だった。

宮崎清隆の肉体に刺激されたかのように、三島は昭和三十年から、ボディビルによる肉体改造をはじめた。

――ボディ・ビルをはじめてからこの九月で一年になる。風邪を引いて三週間ほど休んだことが一度あるほかは、まづ精励して来た。もともと肉體的劣等感を拂拭《ふつしよく》するためにはじめた運動であるが、薄紙を剥ぐやうにこの劣等感は治って、今では全快に近い。

人から見たら、まだ大した體《からだ》ぢゃないといふだらうが、主観的にいい體格ならそれでよろしい。

（略）

私は思ふのだが、知性には、どうしても、それとバランスをとるだけの量の肉が必要であるらしい。知性を精神といひかへてもいい。精神と肉體は男と女のやうに、美しく和合しなければならないものらしい。

（「ボディ・ビル哲學」・漫画読売・昭和三十一年九月二十日号）

ボディビルで肉体を創った彼は、さらにボクシングに眼を向けた。

――このごろ日大拳闘部の好意で、小島智雄監督の指導の下に、合宿所の練習に参加させてもらっている。（略）

トレーニングをまだ四、五回やったばかりで、ボクシングを論じるのも口はばったい次第だが、三十秒おきに三分づつ七乃至八ラウンドのトレーニングをやってみて、いまさらボディー・ビルのありがたさを味はっている。何の訓練も経ずに座業からいきなりここへ飛び込んだら、おそらくついては行けまい。ボディー・ビルは非スポーツマンをスポーツの岸へ渡してくれる渡し舟のやうなものである。

なぜボクシングをやりたくなったかといふと、それが激しいスピーディーな運動だからである。ボディー・ビルの静的な世界は、肉體の思索の世界ともいふべきで、そこでは動きとスピードへの欲求が反動的に高まってくる。そして動くもの、スピーディーなものが美しいことは、ソクラテスもいっていることである。

（「ボクシングと小説」・昭和三十一年十月七日）

彼は、次に剣道の稽古を開始した。

それは昭和三十三年六月のことで、川端康成の媒酌によって結婚したときでもあった。東調布警察署で剣道を教えていた吉川正実に、紹介状もなしに弟子入りしたのだった。吉川は、彼が高名な作家だということも最初は知らなかった。

その後、吉川師範が、渋谷署や小平市の警察学校に転じても、それに従い教えを乞いに行った。

ボクシングは、その一方で中止し、ふたたびボディビルの練習に励むようになる。

さすがにボクシングは、彼の肉体でもってしては無理だと承知したのだろう。もっとも、ボディビルを教えた鈴木智雄は、やや皮肉めいた発言をしている。

「自由ヶ丘の私のジムに週二回、通ってこられるようになりました。一回、一時間程度の練習を二年ぐらいつづけられました。私のところをやめたあとも十年間つづけたそうで、その意志の強さには敬服しますが、三島さんの目的は、肉体の表面を美しく見せるにはどうしたらいいかということだけで、体育の本質には迫らず、本物を追求する精神はなかったようです」（週刊現代増

刊・三島由紀夫緊急特集号）

ボディビルの専門家というものがあるのかどうか知らない。が、プロにいわせれば、三島の習う姿勢に不満があった。

もっとも、三島にしてみれば、体育の本質を学ぶ気持ちは当初から欠けていたにちがいない。表面的にせよ、肉体を改造することで、彼にとっては精神をも支えられることだったのだ。

他人の眼を意識しつづけてきた彼は、筋肉を胸や肩、そして腕に張りつけることによって、ようやく劣等感から脱することができたのだ。そして、これまでとは逆に、他人の眼に自身の肉の量をみせつけるまでに至ったのだ。こうした行動は、虚弱であった者でしか理解できぬことにちがいない。

おそらくは、学校などでの体格検査を、彼は嫌ったことだろう。素裸になって、自身の弱々しい肉体を他人の眼にさらす屈辱を感じつづけたことだろう。

せめて、表面であろうとも、他人に誇れる筋肉で飾りたい。そう願う心境があったのだ。

6

昭和三十四年十一月二十七日、安保改定阻止統一行動は、全国三十九都道府県、約百九十カ所で行われた。

東京においては、労組や全学連等のデモ隊約三万名が、国会構内に乱入した。そして、二万名ばかりが一時間余り座りこんだ。

翌三十五年一月十六日、新安保条約調印のため、岸首相、藤山外相ら全権団は羽田空港からワシントンへ向かった。これに反対する全学連の学生らは、羽田空港ターミナルビルに座りこんだ。

日本時間一月二十日午前四時半（現地時間十九日午後二時半）、ホワイトハウスにおける調印式の席で、日米安保新条約は調印された。

第一条　日米両国は国連憲章に従い、国際紛争を平和的手段によって解決し……

条約は、前文と本文十カ条より成り、有効期間は十年に規定された。

旧条約にはなかったアメリカの日本防衛に対しての義務が明示され、日本も憲法の範囲内で在日アメリカ軍に対する武力攻撃に、軍事行動をとることを約束したのである。

五月十九日、国会は安保新条約の衆院通過をめぐり緊迫した状態になった。警官隊五百人が国会内に入り、社会党の抵抗を実力で排除し、本会議開会を強行した。夜の十一時五十分のことである。

会期延長と、それにつづく安保新条約の強行採決に、自民党の三木・松村派、石橋派といった反主流派は、二十日の衆院本会議を欠席した。主流派の強引さを批判した行動であった。河野派も、岸政権に対して反主流派に転ずる姿勢をみせた。

全学連の学生と、警官隊との衝突はつづき、五月二十六日には、「安保批准阻止、岸内閣総辞職、衆院解散」をスローガンにした全国統一行動が行われた。

国会デモは、十七万人（警視庁調べ六万人）に及ぶものとなった。全国各地の高校生が、安保闘争に同調するまでに至った。

こうしたなかで、アイゼンハワー大統領の訪日計画に変更はないとの発表が、ホワイトハウスでなされた。

アイゼンハワー大統領訪日の打ち合わせのため、ハガチー米大統領新聞係秘書が六月十日午後、来日した。

羽田空港出口において、彼の乗用車は大統領訪日反対デモ隊に囲まれ、混乱した。米海兵隊ヘリコプターによって脱出、夕刻、米大使館に入ることができた。

六月十五日夕刻から、全学連主流派約七千人が衆院南通用門に殺到。警官と乱闘になり、その結果、学生たちが構内に乱入した。右翼の車も、デモ隊に突っこむという有様であった。

この事件で、一人の女子東大生が死亡した。

十六日、臨時閣議において、大統領訪日の延期をアメリカに要請することを決定。アメリカ側もこれに同意した。

岸首相は、南平台の私邸で、訪れた赤城防衛庁長官に、十五日の夜「正式に頼むのだが、自衛隊を出せないのか」と迫った。

また、自民党幹事長の川島も、自衛隊出動を長官に対し主張していた。しかし、陸海空の三幕僚長は反対の立場をとり、赤城長官も同様であった。

デモ隊に対して、自衛隊が出動し発砲でもすることになれば、それこそ革命をあおることになるという考えだったからである。

このような状況のなかで、岸首相は大統領訪日の延期を提案したのだった。

安保新条約が自然承認になった十九日午前零時。十八日午後から労組、学生、一般市民のデモは数を増し、徹夜で国会や首相官邸周辺に座りこんだ。

三島由紀夫は、この夜の状況をつぶさに観察していた。

――私は、十八日の晩、記者クラブのバルコニー上から、大群衆といふもおろかな大群衆にとりかこまれている首相官邸のほうをながめていた。

門前には全学連の大群がひしめき、写真班のマグネシウムがたかれると、門内を埋めている警官隊の青い鉄かぶとが、闇のなかから、不気味に浮かび上がった。官邸は明かりを消し、窓という窓は真暗である。その闇の奥のほうには、一国の宰相である岸信介氏がうずくまっているはずである。私はその真暗な中にいる、一人のやせた孤独な老人の姿を思った。（略）

何故岸信介氏が悪いのか、と私は考へた。彼の悪の性質は一體どういふものなのか？　私見によれば、氏は元戦犯だから悪いのではない。また、権謀術數の人だから悪いのではない。向米一邊倒だから悪いのではない。悪いのは、氏が「小さな小さなニヒリスト」だからである。民衆の直感といふものは恐ろしいもので、氏が「小さなニヒリスト」であるといふことは、その聲《こえ》、その喋り方、その風貌、その態度、あらゆるものからにじみ出て、それとわかってしまふのである。

（略）

記者クラブのバルコニーから、さまざまな政治的スローガンをかかげたプラカードを見まはしながら、私は、日本語の極度の混亂を目のあたりに見る思ひがした。歴史的概念はゆがめられ、變形され、一つの言葉が正反対の意味をふくんでいる。社会党の審議拒否も、全學連の國會突入も、政府の単独採決も、みな同じ「議會主義を守るために」といふスローガンの下になされている。（略）政治が今日ほど日本語の混亂を有効に利用したことはない。私はものを書く人間の現代喫緊の任務は、言葉をそれぞれ本来の古典的歴史的概念へ連れ戻すことだと痛感せずにはいられなかった。

（「一つの政治的意見」・毎日新聞・昭和三十五年六月二十五日付）

岸信介は退陣し、七月十四日、自民党の新総裁は決選投票の結果、池田勇人が当選した。その日、官邸における池田自民党総裁就任祝賀レセプションに出席する岸は、暴漢によって左モモなど六カ所を刺された。

十月十二日午後、日比谷公会堂において浅沼社会党委員長が、右翼少年によって刺殺されるという事件が起きた。三党首演説会の壇上でのことであり、テロ行為に一般市民は激しい怒りを燃やした。

7

こうしたなかで、三島は『憂国』を、『小説中央公論』冬季号に発表した。

この作品に関して、彼は、『三島由紀夫短篇全集6』（講談社）のあとがきで、次のように書いている。

——徹頭徹尾、自分の脳裏から生れ、言葉によってその世界を実現した作品は、「憂国」一篇ということになる。

二・二六事件は、私の精神史に重要な影響を及ぼした事件で、十三歳のときのその感動はたびたび反芻されて、私流の「挫折」「悲劇」「ヒロイズム」などの諸観念を形成する酵母になった。従って私の作品を今まで一度も読んだことのない読者でも、この「憂国」という短篇一篇を読んで下されば、私という小説家について、あやまりのない観念を持たれるだろうと想像する。そこには、小品ながら、私のすべてがこめられているのである。

『憂国』は、昭和四十年四月、自作自演によって、三五ミリ黒白スタンダード版として映画化された。

近衛歩兵第一連隊勤務武山信二中尉に扮し、軍服軍帽姿で割腹するシーンは、アート・シアター系で封切りになった際、大いに話題を提供することになった。

あくまでも、割腹シーンは映画上のことであると誰しも受けとめていた。そのとき、三島由紀夫自身は、いつか同じシーンを実行する日のあることを予感していたにちがいない。

映画制作意図について次のように書いている。

——私の演出プランは、青年将校の役をまったく一個のロボットとして扱ふことであった。彼はただ軍人、ただ大義に殉ずるもの、ただモラルのために献身するもの、ただ純眞無垢な軍人精神の権化《ごんげ》でなければならなかった。

このように書く演出プランは、三島由紀夫の自決にオーバー・ラップしてくる。彼の抱きつづけたモラルのために献身する自決であったからだ。

昭和四十年から四十四年にかけての五年間は、大学紛争が激化した。授業料値上げ反対ストにはじまる紛争であったが、全学連のリードにより政治闘争と化していった。安保条約を廃棄させる目的は、日米安保条約の固定期限十年が切れる昭和四十五年に向けて、安保条約を廃棄させることであった。

三島は、この頃から明確に己の行方を定めはじめていた。ライフ・ワークである『豊饒の海』の第一部を『新潮』に連載しだした。

その第二部に、神風連を書くため熊本へ取材に向かったのが、昭和四十一年八月二十七日であった。神風連を熟知する、荒木精之《せいし》に教えを乞うたのである。荒木は終戦直後、進駐軍に抗して「尊皇義勇軍」を組織した人物として地元では知られていた。

——これまで神風連の話を私のところに聞きにきた者で、このやうに、打てば響くといった人に逢ったことはない。その上に尚、私が感動したのは、神風連のことで熊本にゆくからには、彼らが信条とした古神道をよく知らねばならぬ、と三日間も大和の大三輪《おおみわ》神社に参籠して、そこの滝にうたれたり、宮司から古神道の秘奥について話を聞いたりしてやってきた、といふのである。

（略）

三島氏はしきりに神風連の人々を立派だと讃へていた。これこそ日本の中でも最も日本的な発源体であり、行動である、といったやうなことをいっていた。三島氏は自分が神風連にひかれるに至った動機について、インドのガンジーの糸ぐるまに象徴される抵抗の精神が日本には何があるかと考へるうち、神風連に思ひいたったといひ、どうしても神風連をとりあげ、日本といふものを見つめたいといふのであった。

（日本談義社『初霜の記』荒木精之）

熊本で取材をつづける三島由紀夫は、荒木精之に町道場を紹介してくれと願いでた。水前寺畔にある紫垣正弘の龍驤館に、荒木が案内したのは二十九日夕刻に近い時刻だった。

――有名な道場の龍驤館で、少年たちと剣道の稽古をしたのち、全身にしたたる汗のまま、正坐をして、先輩格の少年が、はりさけるやうな聲で、

「神ぜえーん」

と號令をかけ、神前に禮をしたときのさはやかさは忘れがたい。それは暑熱の布地を一気に引き裂くやうな涼しさだった。私は作法といふものが、どんなに若者を美しくするか、それに比べて、作法のない世界に住んでいる若者たちは、どんなに魅力がないか、といふ實例を見る気がした。

(「若きサムラヒのための精神講話」・POCKETパンチOh!・昭和四十三年六月号)

熊本の記念に、古道具屋で刀を購《もと》めた三島は、八月三十一日に熊本を去った。

帰郷した彼は、荒木精之に礼状をしたためた。

――熊本を訪れ、神風連を調べる、といふこと以上に、小生にとって予期せぬ効果は、日本人としての小生の故郷を発見したといふ思ひでした。(略)ひたすら、神風連の遺風を慕って訪れた熊本の地は、小生の心の故郷になりました。日本及び日本人が、まだ生きている土地として感じられました。

(『初霜の記』)

『豊饒の海』第二部『奔馬』は、昭和四十二年二月号から、翌四十三年八月号まで『新潮』に連載された。読後感を手紙で伝えた荒木精之に対して、三島は次のような返信をしたためた。

――『奔馬』で私は鴎外以来閑却されていた真の日本及び日本人の問題を展開したかったのです。近代の心理主義には、すっかり愛想をつかしました。昔の小生だけを知っている人は、かういふ変貌を理解してくれないばかりか、オポチュニストのやうに言ひますが、小生としては、休火山が爆発しただけと申したいのです。

取材を終えた三島を見送る荒木精之

荒木様の終戦直後の御行動を見聞するにつけ、現在も神風連顕彰にたゆまぬ御努力を注がれていることが、決して過去の問題ではなく、現在の問題であり、決して思想だけの問題でなく、人間の行動の問題だといふことを深く教へられます。日本の知識人のだらしなさを見るにつけ、行動と責任の問題については、何とか自分を鍛へて行きたいと念じてをります。あゝいふ文化人の群の一人になりたくありません。

（『初霜の記』）

『奔馬』には、次のような象徴的なシーンが描かれている。

「では訊かう。飯沼、お前の理想とするところは何か」

と、中尉が今までの調子とちがって、目をやや光らせて、単刀直入に質問したので、井筒も相良も、待っていた時が来たのを感じて、胸をときめかせた。

勲は、崩せと云はれても正坐のままの、制服の胸を張って簡潔に答へた。

「昭和の神風連を興すことです」

「神風連の一挙は失敗したが、あれでもいいのか」

「あれは失敗ではありません」

「さうか。では、お前の信念は何か」

「剣です」

勲は一言の下に答へた。中尉は一寸黙った。次の質問を心の中で試しているやうである。

「よし。ぢゃ訊くが、お前のもっとも望むことは何か」

今度は勲が一寸口ごもった。彼の目はそれまで直視していた中尉の目からやや外されて、雨じみのある壁から、締め切った磨硝子の窓のはうへ向けられた。視野はそこで阻まれ、雨は窓のこまかい桟《さん》のむかうに、どこまでも垂れ込めているのがわかる。窓をあけても、雨の盡《つ》きる境を見届けることは決してできない。それでも勲は、ここにはない、ずっと遠くのことを語らうとしたのである。

口ごもったまま、思ひ切って言ひだした。

「太陽の、……日の出の断崖の上で、昇る日輪を拝しながら、……かがやく海を見下ろしながら、けだかい松の樹の根方で、……自刃することです」

それこそ気高く少年に、純粋な思いを語らせる三島由紀夫である。そして『奔馬』は、次のように終わる。

『日の出には遠い。それまで待つことはできない。昇る日輪はなく、けだかい松の樹蔭もなく、かがやく海もない』

と勲は思った。

シャツを悉く脱いで半裸になると、却って身がひきしまって、寒さは去った。ズボンを寛《くつ》ろげて、腹を出した。小刀を抜いたとき蜜柑畑のはうで、亂れた足音と叫び聲がした。

「海だ。舟で逃げたにちがひない」

といふ甲走《かんばし》る聲がきこえた。

勲は深く呼吸をして、左手で腹を撫でると、瞑目して、右手の小刀の刃先をそこへ押しあて左手の指さきで位置を定め、右腕に力をこめて突っ込んだ。

正に刀を腹へ突き立てた瞬間、日輪は瞼の裏に赫奕《かくやく》と昇った。


このように描かれるシーンには、三島の自決シーンがまたもやオーバー・ラップするのだ。

自衛隊市ヶ谷駐屯地で、彼は叫びつづけた。

「……俺は四年待ったんだ。自衛隊が立ち上がる日を……四年待ったんだ」

絶望に似た叫びに対し、隊員らは野次を投げつづけた。昇る日輪などはどこにも存在しなかった。けだかい松の樹蔭もなかった。かがやく海もなかった。

そこに在るのは、ただの給料生活者の群れでしかなかった。安保新条約に対するデモを記者クラブのバルコニーから観察したときと同様の〝大群衆といふもおろかな大群衆にとりかこまれている〟自身であった。

およそ、作品に描くかがやきの文体とはほど遠い現実が、鋼鉄のごとく彼を縛りつけてしまっているのだった。それでもなお、彼は作品の世界に、己を生かそうとしたのだ。

8

作品と生活。つまり、芸術と生活を一元化するのは非常に危険な傾向であるし、芸術も、生活もダメにすると三島は考えていた。

これについては、三好行雄との対談で、次のように述べている。

「……ぼくは芸術と生活の法則を、完全に分けて、出発したんだ。しかし、その芸術の結果が、生活にある必然を命ずれば、それは実は芸術の結果ではなくて、運命なのだ、というふうに考える。それはあたかも、戦争中、ぼくが運命というものを切実に感じたのと同じように、感じる。つまり、運命を清算するといいましょうか。そういうふうにしなければ、生きられない」

この対談で、三好行雄は「三島さんが、現実に剣道に精進されて、一方で『剣』という作品がありますね。そうすると、そこで、ちょっと不思議なのは、三島さんの場合にむしろ実生活が作品を追いかけているという形がある」と訊いた。

これに対して三島は、

「ときどき、そういう倒錯が起こるでしょうね。起こりますけれども、太宰さんみたいな形ではないと、ぼくは自分では思っている」

と答えている。

三好行雄のような考えは、ほかにも多い。武田泰淳《たいじゅん》は、新聞紙上での座談会で次のような発言をしている。

——彼の場合は、小説と現実が一致しているわけですね。普通は、実際にできないことを小説でやると考えるのですが、彼の場合、完全に一致していたように思います。（略）彼の文学の中に死とエロチシズムは密着してあるわけですから、死とエロチシズムを密着させるという美学はいが、そうすると、いつ自分が死ぬかということを決めなければならない。普通、作家というものは、行動と作品が一致しないからこそ作品が出てくるというふうに、鷗外、漱石からずっと続いていると思う。

だが、三島さんの場合には、なんかそれがいつでもできそうになっているわけですね。切腹の小説を書いても切腹しないのが建前なんだが、彼は逆で、切腹の映画をやったからには切腹するのであるという固定観念が彼の中にあったと思う。

（朝日新聞・昭和四十五年十一月二十六日付）

ドナルド・キーンもまた、同様のことを毎日新聞に寄稿している。

――その死の模様は彼の小説や芝居によく出てくるとおりだから、三島さんはついに自分のフィクションの世界にはいり込んでしまったような思いに駆られる。

（昭和四十五年十一月二十六日付）

作品と実生活に関しては、松本清張も山崎豊子との対談において、次のように言及している。

――三島由紀夫が『花ざかりの森』で出てきた、それを読んだ時、感受性の豊かさにおどろいた。ちょっとした情景から心象風景を展開していくことは素晴らしいと思った。だけども、そういう感覚的なものばかりじゃ作家として小さくなる。そこで、彼はプロットのある題材を求めて、次第に『金閣寺』から発した滅亡の美というのか、彼一流の「美学」を展開する。それが行きつくところは、もう題材がないから、例えば二・二六事件を思わせるような陸軍士官の切腹。事件のわきのほうには、そういう事実はあるんだけれども、それに目をつけて、切腹という、一つの最高の滅亡の美をみつけたわけだ。ところが、それからだんだん、だんだん国家主義的なものに題材を求めていった。これは三島由紀夫の柄じゃない。彼は題材のためにそのように流されていったわけだ。（略）三島・大江の二人はもともと国家主義とか、急進的な反米主義とかいった素質ではない。若くして文壇に登場して、人生経験が少ないために、恵まれた感受性と才筆の小説を書いていた。けれども題材主義から、心ならずもああいうものに流されていった。

(小説新潮・昭和五十九年三月号)

流されていった、という考えには疑問があるが、題材のなかに実生活を置くようになったということには同意できるものがある。

つまり、自身の作品に責任をもつということに結びつくのだ。

作品上において述べた事柄を、そのまま放棄できぬ潔癖な精神なのだろう。

最近の作家は、ビジネスとしてありきたりな小説を書いている傾向がみられる。世俗まみれの生活に満足しておりながら、それでは格好がつかぬということから、作品上では、悪に立ち向かう登場人物を活躍させたり、いや、むしろ悪を肯定するといった、近頃の若者に受け入れられる方向を描く。が、実生活上ではどうかというならば、マイホーム主義なのである。読者は完全に騙されているわけだ。

そうした作家や、受けとめても平然としている読者に対して、三島由紀夫は怒りさえ感じていたにちがいない。

——作品の世界は、さっきも申し上げたように、かくあるべき人生の姿ですからね。もし、自分が作品に影響されてかくあるべき人生を実現できれば、こんないいことはないわけですけれども、逆にそうなれないというのが、人生でしょ。

そうなれないことが人生で、それでは、そうなれない人生をもっと問題にして、どうにもならんことを小説に書けばいいではないか、という考えも出てくると思う。しかし、ぼくは、それは絶対やりたくないですね。死んでも、やりたくない。そういうことを書く作家というのが、きらいなのです。

（前掲・三好行雄との対談）

かくあるべき人生を、三島由紀夫は作品化し、さらに、かくあるべき人生を書いたからには、実人生もそこに求めるのが、真の作家であり、男というものであると、彼は実証してみせたのだ。

それは、物質文明に強姦されてしまった日本人への怒りだったともいえるだろう。

行動の河

1

昭和四十二年一月一日の読売新聞に、三島由紀夫は「年頭の迷ひ」と題した一文を載せた。
――年のはじめごとに、私をふしぎな哀切な迷ひが襲ふ。迷ひというふべきか、未練といふべきか。といふのは、この大長編の完成は早くとも五年後のはずであるが、そのときは私も四十七歳になってをり、これを完成したあとでは、もはや花々しい英雄的末路は永久に断念しなければならぬといふことだ。英雄たることをあきらめるか、それともライフ・ワークの完成をあきらめるか、その非常にむづかしい決断が、今年こそは来るのではないかといふ不安な豫感である。（略）
「なるほどお前の言ひ分はわかった。しかしあんまり未練がすぎるぢゃないか。お前の言ふやうな行動的英雄たらんとすることは、せいぜい三十歳まででであきらめるべきで、それより十二歳も年をくってから、今さら英雄でもなからうぢゃないか。オールド・ミスの厚化粧みたいなバカな考へはもうやめて、文學に専念し、人生と行動はあきらめるべき時だと思はないかね」
しかし私には、まだまだ青年に負けぬ體力があり（かう考へるのを、「年寄りの冷や水」といふのであらう）、四十二歳といふ年齢は、英雄たるにはまだ辛うじて間に合ふ年齢線だと考へている。西郷隆盛は五十歳で英雄として死んだし、この間熊本へ行って神風連を調べて感動したことは、一見青年の暴挙と見られがちなあの亂の指導者の一人で、壮烈な最期を遂げた加屋霽堅《かやはるかた》が、私と同年で死んだという発見であった。私も今なら、英雄たる最終年齢に間に合ふのだ。

元日に決意を示した三島は、その決意に忠実に行動を鮮明に起こしはじめるのだった。

2

大学紛争に荒れるなか、左翼に批判的なグループによって、日本学生同盟が結成された。三島と行動をともにすることになる森田必勝も、これに参加していた。

日本学生同盟は、昭和四十二年二月七日、機関紙『日本学生新聞』を発行するに至った。三島由紀夫は祝辞を寄せた。

――偏向なき學生組織は久しく待望されながら、今まで實現を見なかった。青年には、強力な闘志と同時に服従への意志とがあり、その魅力を二つながら兼ねそなへた組織でなければ、眞に青年の心をつかむことはできない。目的なき行動意欲は今、青年たちの鬱屈した心に漲っている。

新しい學生組織はそれへの天窓をあけるものであらう。日本の天日はそこに輝いている。（後略）

このような一文を寄せた彼は、さらに、同じ二月、次のような文を書いた。

——このごろ世間でよく言はれることは、「あれほど苦しんだことを忘れて、軍國主義の過去を美化する風潮が危険である」といふ、判コで捺したやうな、したりげな非難である。

しかし人間性に、忘却と、それに伴ふ過去の美化がなかったとしたら、人間はどうして生に耐へることができるであらう。（略）

私は、この非難に答へるのに、二つの答を用意している。

一つは、忘れるどころか、「忘れねばこそ思ひ出さず候」で、人は二十年間、自分なりの戦争體験の中にある榮光と美の要素を、人に言はずに守りつづけてきたのが、今やっと発言の機會を得たのに、邪魔をするな、といふ答である。

この答の裏には、いひしれぬ永い悲しみが秘し隠されているが、この答の表は、むやみとラディカルである。従って、この答を敢えてせぬ人のためには、第二の答がある。

すなはち、現代の世相のすべての缺陥が、いやでも應でも、過去の諸價値の再認識を要求しているのであって、その缺陥が今や大きく露出してきたからこそ、過去の諸價値の再確認の必要も増大してきたのであって、それこそ未来への批評的建設なのである、と。

（「忘却と美化」）

3

ボディビルに励む三島は、剣道の稽古から、さらに空手を学ぶようになった。拓大をはじめ各方面で空手指導にあたる、日本空手協会首席師範の中山正敏に教えを乞うた。

――三島さんは四十二年の春まだ浅きころ、数名の青年とともに入門されたが、私は当初、高名な文士の道楽であり、なんとなく空手道をひやかしにきたものと思った。（略）

ところがやめるどころかじつに几帳面に十分前には稽古衣に着替え、冬もウソ寒い控室でなにか読んだり書きものをしたりして待機、三分前には道場で正坐して私の現われるのを待っており、その真剣さにはすっかりうたれてしまった。（略）

道場も裂けんばかりの号令と気合。今までだれもこんな激しい号令と気合をかけたものを私は知らない。烈々たる気魄、激烈な闘志しかも礼儀作法は正しく……

（行政通信社『回想の三島由紀夫』日本学生新聞編）

このように、師の中山正敏は回想している。

三島は空手にどのような思いをこめたのだろうか。全国空手道選手権大会パンフレットに、思いの一片を読みとることができる。

――組手はもちろん、グローヴも何もない手自體が、いやその拳に力をあつめた肉體全體が一瞬一瞬に形のちがふ武器に變貌してゆく、奇蹟的な姿に目を見張らされた。

空手は武装を禁じられた沖縄島民の民族の悲願が凝《こ》って成った武道ときいている。日本の戦後も占領軍による武装解除がそのまま平和憲法に受けつがれ、徒手空拳で戦ひ、徒手空拳で身を守るほかに、民族の志を維持する道をふさがれている。


（昭和四十三年六月）


己の肉体を武器に仕上げようとする三島は、前述のように桜花乱れる四月、陸上自衛隊幹部候補生学校に体験入隊するのである。

このとき、婦人陸上自衛官（ＷＡＣ）は未だ誕生していないが（昭和四十三年に誕生）、彼女らの入隊動機は、およそ三島とは異なるもののようである。国防という使命感を抱き入隊する女性は一％にも満たないと、ＷＡＣ教育隊教官は語っている（朝日新聞・昭和五十九年四月十四日付）。

運動が好きだから、飛行機の免許が取りたいから、制服が格好いいから、といったような動機だという。

そしてまた〝戦争になったら辞めて逃げる〟とさえ、WACを目指す女子高校生は語っている。こうした発言は、女性だけにみられるものなのだろうか。三島は体験入隊によって、限りない親しみを幹部候補生の学生に寄せた。が、それはあくまでも戦中派が所有する旧陸軍士官学校のイメージに重ね合わせたもので、実体とはかけはなれたリリシズムを、彼が感じたにすぎなかったのではないだろうか。三島は、この時点において、あまりにも純粋でありすぎたのだ。

酷な言い方をするならば、大きな誤謬《ごびゅう》に気付かなかったことから、終局を迎えることになってしまったとさえ考えられる。疑うことを知らなかった彼は、自衛隊を過信しすぎたのだ。

ペーパー・ソルジャー（紙の兵隊）である隊員なのだ。かつての兵士や将校ではなく、給料生活者としての隊員なのだ。

己の想いを、彼らも同様に抱き燃えていると信じてしまったのだ。世間というか、その汚れと無縁に生きることが可能であったエリート作家の悲劇ともいえる。建前と本音を、器用に使いわける、現代の日本人を、あまりにも知らなすぎた。

いや、知らなかったわけではない。見聞きする処世術の巧みさに苛立っていたことだろう。だ

結成後、神社に詣でる楯の会一期生と三島（最後列手前）

が、それすら肌にしみこませたものではなく、あくまでも思考するなかでのことだったのだ。

それは何も自衛隊員に限ったことではない。同業の作家にも同じにおいを嗅ぎとり、作品と実生活を使いわける彼らに、反吐《へど》したのだ。

容認することのできぬ世界に、自身を置くことが耐えられなくなっていたのだ。何故ならば、自身もその汚泥の世界の一員になってしまうからである。

生きるためには（死ぬためには）、赦《ゆる》せぬ世界に向けて、突撃の喇叭を吹かねばならぬ。自らが、破れた軍旗となり、戦場の只中にあらねばならぬ。二・二六事件の青年将校のごとく、腐敗した世界に向けて、たとえ破滅の道であろうとも進まねばならぬ。それ以外に、生きる方法はなかった。

4

幹部候補生学校、滝ヶ原分屯地普通科新隊員教育隊、習志野空挺団に体験入隊した三島由紀夫は、日本学生同盟の有志で発足した早大国防部に、民兵となるべき人員の推薦を依頼した。

六月、早大国防部と会い、七月十日から一週間、選ばれた学生らは北海道の北恵庭《きたえにわ》駐屯部隊に体験入隊した。

昭和四十二年も終わろうとする十二月、山本舜勝は、自衛隊調査学校長である上司の藤原岩市陸将の紹介で、三島由紀夫と会うことになった。そして、民間防衛組織に挺身しようとする彼を知り、訓練に関して協力しようと申しでた。

昭和四十三年一月十七日、米原子力艦艇寄港反対闘争は最高潮に達した。反代々木系三派全学連学生は、佐世保市に集合し、警官と衝突をはじめた。彼らは警官約千三百人と激突し、投石と催涙弾で互いに攻め合い、負傷者が続出した。

原子力空母エンタープライズを中心にした米艦艇は、十九日午前九時過ぎ佐世保港に入港。学生らは、佐世保米海軍基地入り口の佐世保橋においてまたもや警官隊と激突した。両日の衝突は、テレビニュースになり、警官が学生らを警棒でふくろ叩きにする場面が映しだされた。

一方、東京においても抗議デモがなされ、三月、四月にはベトナムからの負傷兵を入院させている米軍野戦病院（東京・王子）にも過激なデモをかけた。

その他、成田空港阻止運動も高まり、さらに大学紛争もエスカレートしつづけた。東大医学部紛争においては、ついに三月二十八日の卒業式を前にして、全学共闘委員会に所属する学生約百人が、式場である安田講堂を占拠した。

こうしたなかで、三島は、のちに楯の会一期生となる二十名の学生を引率し、自衛隊富士学校に属する滝ヶ原分屯地に体験入隊した。三月一日のことだ。

――學生諸君と共に、毎日駈け回り、歩き、息を切らし、あるひは落伍した。そこで同志的一體感も出来、かれらの考へも入隊以前に比べて、はるかに足が地について来たのみならず、主任教官や助教との関係も家族のやうになり、離隊のときは、學生一人々々が助教一人々々と握手して共に泣いた。私が如實《によじつ》に「男の涙」を見たのは、映畫や芝居をのぞいては、終戦後これがはじめてである。

（「わが『自主防衛』」・毎日新聞・昭和四十三年八月二十二日付）

このとき、山本舜勝も富士学校へ出張しており、三島由紀夫や森田必勝らと会った。三島は、山

本を学生に紹介し、

「これからは、われわれの訓練に対し、力を貸してくださるだろう」

といった。

この日から、三島と山本との具体的な関係がはじまった。

山本による第一回訓練は、五月上旬、東京郊外の旅館で行われた。

――私は、かねてから考えていた構想により、次のように教育を開始した。まず、日本に対する間接侵略、それを背景に行われるべき治安出動事態の基本戦略。それは対ゲリラ戦略であり、そのゲリラ戦略の基礎概念を教えることから始めたのである。

（日本文芸社『三島由紀夫・憂悶の祖国防衛賦』山本舜勝）


自衛隊における実習もつづけられた。

七月二十五日、第二期生三十三人を引率し、三島は、滝ヶ原分屯地に入隊。八月二十三日に除隊した。

会員が約五十名になった。「楯の会」という名称がつけられた。

5

昭和四十三年十月八日、反代々木系全学連各派は、都内において闘争を展開した。このため、山手線、中央線、総武線などはストップ。

最大の目標は、十月二十一日の国際反戦デーであった。

ベトナム戦争に反対する集会は、全国六百カ所で開かれた。官公労、民間労組ら約八十万人が動員された。

集会、デモの許可されなかった反代々木系全学連は、暴力デモを国会や防衛庁、新宿駅で展開した。

夕刻から新宿駅周辺は、赤、白、黒などのヘルメット学生や群衆で身動きもできぬ状態になった。午後九時過ぎ、彼らは暴徒化した。機動隊が発射する催涙弾、学生らの投石で、マイクロバスは炎上する。

その一方、お茶の水、銀座でも機動隊とデモ隊との激突は展開されていた。

「楯の会」にとっては、格好の訓練ともいえる、騒乱であった。

「楯の会」は山本に任せ、三島は、自衛官の同行のもとに、これらの激突をつぶさにみてまわった。山本の部下である情報下士官が、肌でもって騒乱を教えるために、三島を警固しながら、騒乱の場にもぐりこんだのだ。

お茶の水では、至近距離に催涙弾が飛んできた。拾いあげ、投げ返すように下士官は叫ぶ。銀座方面に移動する。激突の渦にまきこまれ、三島はともすれば機動隊側に危険を避けようとする。が、それは逆に投石による危険にさらされることになる。下士官は、状況に応じて三島を指導する。

こうした騒乱を体験したのち、二人は皇居前広場に正座したこともあった。

白々とした夜明けのなかで、

「ここには守るべきものがある」

三島由紀夫は、このようにいうのだった。

ここに至って、彼はもはや作家でなく、一人の軍人であった。しかも、古典的な軍人であった。

軍服を着る男の条件として、次のように書いている。

——それを着る條件とは、仕立のよい軍服のなかにギッチリ詰った、鍛へぬいた筋肉質の肉體であり、それを着る覺悟とは、まさかのときは命を捨てる覺悟である。アメリカでは、将軍といえども、腹が出てきて軍服が似合わなくなると免職になるさうだ。

（平凡パンチ・昭和四十三年十一月十一日号）

そして、全学連スタイルについても言及している。

――維新の若者といへば、もちろん中にはクズもいたらうが、純潔無比、おのれの信ずる行動には命を賭け、國家變革の情熱に燃えた日本人らしい日本人といふイメージがうかぶ。かれらはまづ日本人であった。そこへ行くと、國家變革の情熱には燃えているかもしれないが、全學連の諸君のタオルの覆面姿には、青年のいさぎよさは何も感じられず、コソ泥か、よく言っても、大掃除の手つだひにゆくやうである。

（報知新聞・昭和四十四年一月一日付）

山本による「楯の会」の訓練はつづけられた。

十二月二十一日から四日間にわたり集中講義がなされた。遊撃戦概説、図上訓練の遊撃戦闘など、一日に八時間という講義であった。

6

昭和四十四年は、東大安田講堂の攻防で幕がきられた。

一月十八日早朝、警視庁機動隊は、安田講堂などを占拠した学生を排除しにかかった。全共闘の抵抗は激しかった。バリケードを築き防戦態勢を整えていた。約八千五百人の制・私服警官が構内に突入。占拠学生は、投石や火炎ビンで徹底抗戦しつづけた。

一方、これに呼応し、神田学生街一帯でも反代々木系学生と機動隊の市街戦は、夜七時過ぎまでつづいた。

十九日も攻防はつづき、ようやく封鎖解除に成功したのだった。

封鎖解除は、日大文理学部、中央大学、電気通信大学、東京教育大学などへも及んだ。

二月に入り、山本は六名の教官団を組織して「楯の会」の訓練を強化した。

三島家の菩提寺である芝の青松寺において、十九日から四泊五日の合宿に入った。参加したのは、三島を含めた二十八名であった。

三月一日から二十九日まで、第三期生の体験入隊が、富士の滝ヶ原分屯地でなされた。

この第三期生の加入により、「楯の会」は約七十名に育った。

訓練は、激しさを加えて進んだ。

六月、山本は「山の上ホテル」の一室で、三島の決意を知らされた。「楯の会」が皇居に突撃し、死守するという衝撃的な言葉が吐かれた。

七月二十六日から二十九日間、三十人が新しく、滝ヶ原分屯地に体験入隊。

八月三日、大学運営臨時措置法案は、参院本会議において抜き打ち成立した。

大学立法粉砕の叫びは、東京、大阪、名古屋、札幌、福岡などでも響き、抗議集会とデモが四日夕刻から繰りひろげられた。

大学措置法施行の初日である十七日は、広島大学において激しい機動隊と学生の攻防によってはじまった。京大、北大、九大なども、学生らはバリケード封鎖した。

十月二十一日の国際反戦デーに向けて、エスカレートするのだった。七〇年安保闘争への開始でもあった。

十月十八日午前九時四十五分、自民党本部へ、鉄パイプと角材で、八人の学生らしき青年が乱入。つづいて、首相官邸に火炎ビンが投げられ、七人が構内に突入した。

七〇年安保闘争の事実上のスタートは、一〇・二一国際反戦デーの集会であった。全国六百カ所で統一行動がなされた。

安保廃棄、沖縄即時返還、ベトナム戦争反対が決議され、朝から都内ではゲリラ活動が過激派学生によって行われた。

夕刻から夜にかけて、新宿、高田馬場周辺を中心に、群衆を含む一万人と機動隊との騒乱はつづいた。

三島は「楯の会」会員らとともに、騒乱のなかに立った。

激突はつづいたものの、警備を強化した当局側によって、九時頃には騒ぎもおさまった。警視庁は、午前零時半過ぎに、最高警備本部を解散した。自衛隊による治安出動の必要もなく終わった一〇・二一国際反戦デーであった。

自衛隊出動を願う三島由紀夫にとって、失望の夜であった。

7

昭和四十四年十一月三日、「楯の会」結成一周年記念式典が、国立劇場屋上で挙行された。招待者リストが東京新聞に洩れ、マスコミが取材に乗りだした。川端康成も、出席を取り消し、三島は苦しんだ。

当日は、晴天であった。パレードに招待された者には、彼の書いた「楯の会のこと」と題した一文が掲載されたパンフレットが渡された。

――私は日本の戦後の偽善にあきあきしていた。私は決して平和主義を偽善だとは云はないが、平和憲法が左右雙方からの政治的口實に使はれた結果、日本ほど、平和主義が偽善の代名詞にな

った國はないと信じている。（略）
経済的繁栄と共に、日本人の大半は商人になり、武士は衰へ死んでいた。自分の信念を守るために命を賭けるといふ考へは、Oldfashionedになっていた。思想は身の安全を保證してくれるお守りのやうなものになっていた。思想を守るには命を賭けねばならぬ、といふことに知識人たちがやっと気付いたのは、（気付いたところですでに遅かったが）、自分たちの大人しい追随者だと思っていた學生たちが俄《にわ》かに怖ろしい暴力をふるって立向って来てからであった。

パレードの模様は、テレビで放映され、新聞も報道した。

この頃、三島は山本に対して「最終計画案」の討議をもちかけていた。最終計画案とは何であったのだろう。このまま、だらだらと訓練をつづけることに苛立ちを抱いたのか、自衛隊有志と結び決起する日をうながしたのだろうか。

しかし山本は、

「訓練をさらに体系化し、長期的構想の下にこれを推進する」

という、やや抽象的な案を提示した。

が、三島の反応は実に冷たかった。

8

昭和四十四年十二月十四日、「楯の会」の約五十名は、自衛隊習志野駐屯地第一空挺団に一日の体験入隊を行った。

訓練終了後、駐屯地内教場で、三島隊長は訓辞した。

――憲法改正の緊急性を思うので、「楯の会」としても独自の憲法改正案を作成する準備に取り掛かれ、との指示がありました。その指示に従ってその場で有志会員十三名から成る「憲法研究会」が組織されました。三つの問題提起は、この「憲法研究会」の憲法改正案作成の討議のためのタタキ台として三島隊長が執筆したものです。

（新潮社『三島由紀夫全集』34・付録・阿部勉）

国立劇場屋上で行われた楯の会一周年記念パレード

問題提起の第一である〝新憲法に於ける「日本」の欠落〟は昭和四十五年一月初頭にでき、つづいて〝「戦争の放棄」について〟と〝「非常事態法」について〟ができ、水曜日ごとに討議が重ねられた。

三島は、この問題提起で、現行憲法の第一条と第二条との間の矛盾を指摘している。

第一条（天皇の地位・国民主権）
天皇は、日本国の象徴であり日本国民統合の象徴であって、その地位は、主権の存する日本国民の総意に基づく。
第二条（皇位の継承）
皇位は、世襲のものであって、国会の議決した皇室典範の定めるところにより、これを継承する。

第一条では、天皇の地位は日本国民の総意に基づくとありながら、第二条では、皇位は世襲される、とあるのが論理的矛盾だと述べているのだ。

「地位」は国民の総意で、「皇位」は世襲だとするなら、即位のたびに主権者である国民の総意をうけなければならないということになる。

「憲法研究会」は、第一章第一条の改正案として「天皇は国体である」（＊第二条「天皇は神聖である」、第三条「天皇は神勅を奉じ祭祀を司る」……）という結論を得たことが、阿部勉によって記されている。

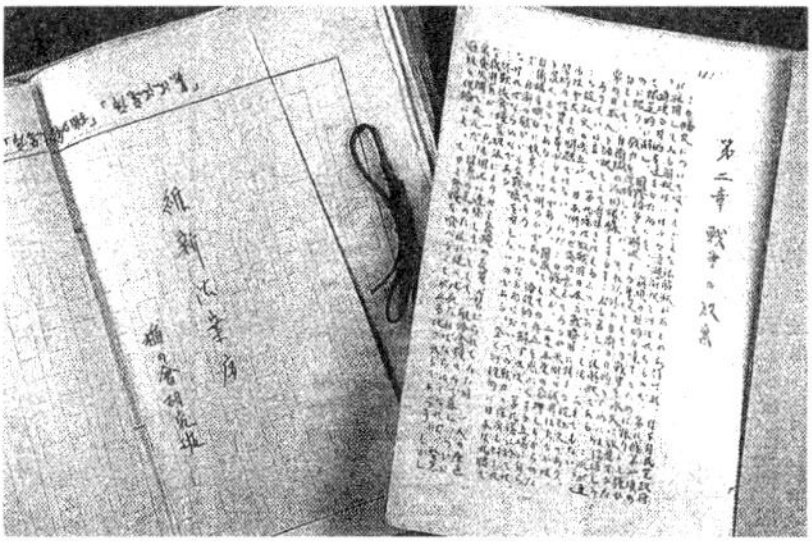
原稿用紙500枚に及ぶ三島憲法

9

昭和四十五年一月下旬。三島からの電話で、山本は三島宅へ行った。

三島宅では、元韓国陸軍の少将李氏に紹介された。夜の九時過ぎ、李氏を三島夫人が駅まで車で送った。門前からエンジンの音が消えたあと、三島は山本に強い語調でいった。

「やりますか！」

返事を促す三島由紀夫に対して、

「やるなら、私を斬ってからにしてください！」

山本は、こう答えた。

最終計画案の討議をもちかけてきた三島は、山本から具体的行動の言質を得ることができぬままに過ぎていた。

改めて「やりますか！」という最後通牒を投げたのだ。三島にとっては、永年の思いのたけを、この短な言葉に託していた。

が、三島と山本との行動の差は埋められなかった。タテの命令で行動する現役自衛隊将官にとっては、民間人である彼の一言で、部下を決起させるわけにはいかない。これは当然のことと考えられる。

二・二六事件の判決理由書には次のようにある。

――この非常時局に處し政党は党利に堕して国家の危急を顧みず、財閥亦《また》私慾に汲々として国民の窮状を思はず、特にロンドン条約成立の経緯に於て統帥権干犯の行為ありと断じ斯の如きは畢竟元老、重臣、官僚、軍閥、政党、財閥等所謂《いわゆる》特権階級が国体の本義に悖《もと》り大権の尊厳を軽んずるの至せる所なりとなし一君萬民たるべき皇国本然の眞姿を顕現せんがため速かにこれ等特権階級を打倒して急激に国家を革新するの必要あることを痛感するに至れり。

判決理由書に述べられた、クーデターへの青年将校等の思いは、三島由紀夫が昭和四十五年一月に読売新聞に寄稿した一文に盛りこまれているようである。

——かつてアメリカ占領軍は剣道を禁止し、竹刀《しない》競技の形で半ば復活したのちも、懸聲《かけごえ》をきびしく禁じた。この着眼は卓抜なものである。あれはただの懸聲ではなく、日本人の魂の叫びだったからである。彼らはこれをおそれ、その叫びの傳播《でんぱ》と、その叫びの触発するものをおそれた。しかしこの叫びを忌避して、日本人にとっての眞の變革の原理はありえない。（略）

變革とは、このやうな叫びを、死にいたるまで叫びつづけることである。その結果が死であっても構はぬ、死は現象には属さないからだ。うまずたゆまず、魂の叫びをあげ、それを現象への融解から救ひ上げ、精神の最終證明として後世にのこすことだ。言葉は形であり、行動も形でなければならぬ。文化とは形であり、形こそすべてなのだ、と信ずる點《てん》で私は古代ギリシャ人と同じである。

（「道理の實現——『變革の思想』とは」）

最終計画案を迫った三島に対して、山本は、長期的なプランに向けて着々と進むことを提示した。

が、三島は、そのようなプランではなく、一つの叫びを死に向けて叫びつづけることを求めていたのだ。自衛隊有志の叫びを聴きたかった。新憲法で保護され、死とはおよそ無縁な隊員らの日常を断ち切ることを願ったのだ。平和憲法のアメ玉をしゃぶる隊員の変革を求めたのだ。しかし、彼らは軍服を装うているものの、偽善の世界に棲む市民と同様でしかなかった。マイホームに埋没する市民と同様でしかなかった。

10

三月一日から二十八日まで、「楯の会」第四期生の体験入隊。六月二日から四日まで再入隊。あわただしく、最終計画に向け行動を早める三島由紀夫であった。六月末には、公正証書による母堂への遺言も作成した。

また、永年の交際を保ってきた石原慎太郎へも、決別状ともいえる一文を、毎日新聞紙上に寄稿した。

――貴兄が自民党の参院議員でありながら、ここまで自民党をボロクソに仰言る、ああ石原も偉いものだ、一方それを笑って眺めている佐藤総理も偉いものだ。いやはや。これこそ正に、貴兄が攻撃される自民党の、「政治といふものの本體は、欺瞞《ぎまん》でしかないといふことを、政党として

の出発點から自分にいひ聞かせているやうなところ」そのものではありませんか。（略）
私は貴兄のみでなく、世間全般に漂ふ風潮、内部批判といふことをあたかも手柄のやうにのびやかにやる風潮に怒っているのです。貴兄の言葉にも苦渋がなさすぎます。男子の言としては軽すぎます。
昔の武士は、藩に不平があれば諌死《かんし》しました。さもなければ黙って耐へました。何ものかに屈する、とはさういふことです。もともと自由な人間が何ものかに屈して、美しくなるか醜くなるかの境目は、この危ふい一點にしかありません。
（「士道について――石原慎太郎氏への公開状」・昭和四十五年六月十一日付）

さらに、次の一文では明瞭に死を告げている。戦後二十五年間の偽善に対して、耐えきれぬ思いと、偽善のなかに生きることを赦さぬ思いを述べている。
――否定により、批判により、私は何事かを約束して来た筈だ。政治家ではないから實際的利益を与へて約束を果たすわけではないが、政治家の与へうるよりも、もっともっと大きな、もっともっと重要な約束を、私はまだ果たしていないといふ思ひに日夜責められるのである。（略）それほど否定してきた戦後民主主義の時代の二十五年間を、否定しながらそこから利得を得、のう

のうと暮らして来たといふことは、私の久しい心の傷になっている。（略）
自分では十分俗悪で、山気《やまつけ》もありすぎるほどあるのに、どうして「俗に遊ぶ」といふ境地になれないものか、われとわが心を疑っている。私は人生をほとんど愛さない。いつも風車を相手に戦っているのが、一體、人生を愛するといふことであるかどうか。（略）
私はこれからの日本に大して希望をつなぐことができない。このまま行ったら「日本」はなくなってしまふのではないかといふ感を日ましに深くする。日本はなくなって、その代はりに、無機的な、からっぽな、ニュートラルな、中間色の、富裕な、抜目がない、或る経済大國が極東の一角に残るのであらう。それでもいいと思っている人たちと、私は口をきく気にもなれなくなっているのである。

（「果たし得ていない約束——私の中の二十五年」・産経新聞・昭和四十五年七月七日付）

第五章　そして「豊饒の海」へ

劇的な自刃

1

三島由紀夫の具体的行動は、検察官の「冒頭陳述書」によれば、次のようである。

——六月十三日、ホテル・オークラ八二一号室に、三島ほか三名が集合。三島は、自衛隊は期待できぬから自分達だけで実行すると云い、その方法として、自衛隊弾薬庫を占拠して武器を確保するとともに、これを爆発させると脅かすか、或いは東部方面総監を拘束して人質とするかして、自衛隊員を集合させ、三島らの主張を訴える。これに対し、森田、小賀、小川から、弾薬庫を占拠するにもその所在が明らかでなく、両案をともに行うと兵力が分散するとの意見がだされ、結局総監を拘束する方策をとることになった。

六月二十一日、三島ら四名が、山の上ホテル二〇六号室に集合。市ヶ谷基地内のヘリポートを「楯の会」の体育訓練所として借用することに成功したと、三島から報告。しかし、総監室はそこから遠いので、拘束の相手方を総監に次ぐものとして第三十二連隊長にし、武器は日本刀とし、搬入自動車は小賀が免許証を所持しているところから、同人が購入準備し、武器は三島が搬入する旨の提案がなされた。

七月四日、四名は山の上ホテル二〇七号室に集合。「楯の会」会員である学生らが市ヶ谷駐屯地のヘリポートで訓練中に、三島が、小賀の運転する乗用車に日本刀をつみ、第三十二連隊長室に赴き、監禁する。決行は十一月の例会日とする。

七月下旬及び八月下旬の二回にわたり、三島ら四名は、ホテル・ニューオータニ・プールにおいて、行動を共にする「楯の会」会員について相談の結果、さらに古賀を加えることにし、九月一日、小賀が新宿の深夜喫茶「パークサイド」において古賀に会い、計画を説明。古賀も同意した。

九月九日、銀座四丁目の西洋料理店で、三島は小賀に、日本刀で居合を見せるといって連隊長室に赴き、連隊長を人質として自衛隊員を集合させ、訴えを聞かせる。自衛隊員中に行動を共にするものがでることは不可能だろう、いずれにしても自分は死ななければならない。決行日は十一月二十五日であると計画を打ち明けた。

十一月三日、港区六本木のサウナ「ミスティー」休憩室に五名が集合。三島は、自決する者を三島、森田のみとして、全員自決の計画を変更し、他の三名も承諾した。

十一月十二日、「三島由紀夫展」が東武デパートで開かれる。

十一月二十一日、銀座二丁目、中華第一楼に五名が集合。森田から三島に、連隊長不在が報告される。協議の結果、拘束の相手を東部方面総監に変更。

十一月二十三日、二十四日の両日、パレスホテル五一九号室に五名が集合。計八回にわたり決起行動の予行演習を行う。

二十四日夜、新橋の料亭「末げん」で別れの宴をひらいたのち散会。

二十五日、小賀の運転するコロナは午前十時十三分頃、三島宅に到着。三島ら五名は、午前十時五十八分頃、自衛隊市ヶ谷駐屯地正門を通り、東部方面総監部正面玄関に到着し、出迎えの三等陸佐の案内で、二階総監室に入る。

以後の行動は、報道によって知られる通りである……。

2

1号館バルコニーで、三島由紀夫は、集まった自衛隊員に叫びつづけた。

——この日本でただ一つ、日本の魂をもっているのは自衛隊であるべきだ。われわれは自衛隊に対して、日本人の根底に……されたんだ。しかるにだ、われわれ自衛隊というものに……静聴しろ、静聴！……静聴せい！

自衛隊には、日本の国軍たるべき……の裏に、日本の大本を正すということはないぞ、ということを、われわれが感じたからだ……静聴せい、分からんのか……

しかるにだ、去年の十月二十一日には何が起ったか……

去年の十月二十一日には、新宿で反戦デーのデモが行われて、これは完全に警察力で制圧されたんだ……おれはあれを見た日に、これはいかんぞ、これで憲法は改正されない！　と慨嘆したんだ……

なぜか、それをいおう……

それはだ、自民党というものがだ、警察力でもって、いかなるデモも鎮圧できる、という自信をもったからだ……

自衛隊はいらなくなったんだ……諸君は去年の一〇・二一からあとの、去年の一〇・二一からあとだ、もはや憲法を護る軍隊になってしまったんだよ……

自衛隊が二十年間、血の涙で待った憲法改正というものの機会がないんだ……

去年の一〇・二一から一年間、おれは自衛隊の興るのを待っていた……

もうこれで憲法改正のチャンスはない！……

自衛隊にとって建軍の本義とはなんだ！　日本を守ることとはなんだ！

日本を守るとは、天皇を中心とする、歴史と文化と伝統を守るんだ！……よく聞け！　聞け、聞け……

静聴せい！……男一匹が命をかけて諸君に訴えているんだぞ！……

いいか、いいか！……おれがだ、いま日本人がだ、ここでもって起ち上がらなければ、自衛隊が起ち上がらなければ、憲法改正というものはないんだよ。諸君は永久にだね、ただアメリカの軍隊になってしまうんだぞ！……

諸君は武士だろう、武士ならばだ、自分を否定する憲法をどうして守るんだ……

自分らを否定する憲法というものにペコペコするんだ……

諸君のなかには一人でもおれと一緒に起つヤツはいないのか……一人もいないんだな……

よし、おれは死ぬんだ、憲法改正のために起ち上がらないという見極めがついた、自衛隊に対する夢はなくなったんだ！

それではここで天皇陛下万歳と叫ぶ。（皇居に向かい正座し）天皇陛下万歳！　万歳！　万歳！

悲痛な訴えを天にさしだす三島由紀夫だった。バルコニーから総監室に彼が戻ったのは午後零時十五分頃であった。

短刀を構え、気合とともに割腹。森田必勝が介錯する。さらに、森田が割腹し、古賀が介錯した。

では「七生報國」と染め抜いたハチ巻き姿で演説する三島由紀夫に対し、どのような野次を自衛隊員が飛ばしたか。新聞や録音等によって抜きとってみる。

——引っ込め

死んじゃえ、お前なんか

頭にきたぞ

バカヤロウ

やめろ

降りてこい

なにいってんだ、この野郎

それがどうした

一一〇番だ、一一〇番

日本は平和だ
バカヤロウ
気狂い
降りてこい
ひきずり降ろせ

もちろん、三島由紀夫の声を聴こうとした隊員もいたにちがいない。だが、彼の訴えは、こうした野次の集中砲火をあびせられ、聴きとり難いものになってしまった。

中曽根防衛庁長官は、外国人記者クラブにおける会見で、「楯の会」をどう思うかと問われ、

「宝塚少女歌劇を思い出す」

と答えた。

また事件後、防衛庁で記者会見をした際には、

「非常に遺憾な事態だ。三島由紀夫という高名な作家が、法秩序を乱して妄想にとりつかれたように人を傷つけたり、自衛隊に強要したりするのは、迷惑千万だ」

と発言。

一方、佐藤総理は、テレビでこの事件を知り、

「気が狂ったとしか思えない。常軌を逸している。まだ何が原因なのか分からないが……」

と語ったといわれる。

三島由紀夫を、自衛隊PRの好材料にさんざん利用してきた彼らは、ものの見事に政治家としての立場を守ることに懸命になりはじめたのだった。

3

劇的な自決を、一般市民はどのように受けとめたのだろうか。二十六日付各紙から、その声を拾ってみよう。
——大ショック。ドラマを見てるみたい。最近は世の中、冷え切っているから、彼が命をかけてやっても、二、三日すれば忘れてしまうでしょう。言論で戦えばよいのに（スナック経営・M子・二十五歳）
——死ななくてもよかったのに。筆だけでは、と思いつめて死を選んだ三島さんがかわいそう。残された奥さん、子供さんの悲しみはたいへんでしょう（主婦・F子・三十二歳）
——ショック。私の三島像がくずれていく。世界的な才能なのに、文学でなく、政治で身を捨

てたのかと思うと、残念だワ。ちょうど〝奔馬〟を読み出したところです。最後の章に主人公が、割腹自殺するところがあるというので飛ばして読んだのですが、三島さんの行為の善悪はわからないけど（女子大生・二十二歳）

――彼の最近の著作などから憂国、愛国心を訴える思想には共鳴する。いまの政治、社会機構を維持するには〝武士の心〟しかない。しかし彼の行動はいけない（札幌・S陸士長・二十六歳）

――バカ、軽率。世界的に名の通った次元の高い男があんなことをするとは理解できない。彼の立場なら正当な方法で自分の主張を訴えることができたはず（名古屋・W一曹・四十歳）

――車のラジオで事件を知ったが、信じられなかったねえ。何といったってノーベル賞候補といわれた作家だから。行動は悪いとしても、惜しい人をなくしたものだなあ。やったことについてはおかしな点もあるがうなずける点もある（タクシー運転手・四十歳）

――学校の休み時間に友だちから聞いたが、信じられなかった。三島さんの作品は読んでいないが、楯の会のことは知っていた。信念はすばらしいが、あそこまでいかなくてもよかったのではないか。彼の思想は平和な民主主義のこの社会に満足しているぼくたちにはうなずけない（高校二年・十六歳）

――テレビで事件を知りましたが、率直にいって立派だ、そう思いました。たしかに、自衛隊に乱入したうえ白刃をふるい、あげくに切腹するなど、法に反した行為だし強烈すぎますが、口先だけに終わらなかった行動を買います。自衛隊は、みずからの国土を自分で守るという意味で、私は存在を認めています。それが憲法に反するかどうかはともかく、いまの政治のあり方に問題があることはたしかです。政治が貧困だからこそ、今回のようなはげしい行動が起きるんですよ（ガードマン・二十七歳）

4

「週刊現代増刊・三島由紀夫緊急特集号」では、各氏へのアンケートの結果を掲載している。

——三島さんの死は、一種の〝情死〟だと感じました。それも、セクシアルな情死という印象を強く受けました。（略）文学者の自殺は、どの場合でも、書けなくなったときにあるのです。三島さんの死は、文学的いきづまりと同時に、スターとしてのいきづまりでもあると思われます（山口瞳）

——ただただ、びっくりしました。びっくりしたということは、私が不用意で、何も見ぬく力がなかったということです。（略）私と彼とは文体もちがい、政治思想も逆でしたが、私は彼の動機の純粋性を一回も疑ったことがありません。（略）最近の彼は、私など好きでなかったかもしれないが、そんなことは一向にかまいません。むしろ、彼に嫌われるやりかたで、私は、彼を好きのままでいてやりたいと思います（武田泰淳）

――ぼくの考えでは、戦後二十五年たってから、戦争でさんざんもとでをかけたそのときの現場の人間しかわからないところがあることについて発言するのは大変危険だと思う。この点が三島さんとは違う。この違いが、どんどん広がってきた（吉行淳之介）

――あの行動を単に現象としてとらえて、ドンキホーテだ、というように批判する人もあるが、そうした見方には意味はない。三島氏自身、そういわれるであろうことは百も承知していた。そのうえで、この死をどう評価するか、知識人、文化人といわれる人たちに問いを投げかける計算があったのではないか。

割腹自殺というかたちは、三島由紀夫だからこそ選べた、長い間思いつめてきた、当然の帰結であった。この死は、もっとも精神的な死に方であった、と私は思う（奈良本辰也）

――人間的に中身も何もないような、若いタレントのような人たちが、自衛隊の反応は正しかった、とか社会的な影響はどうだとか、三島さんを弾劾するようなことをしたり顔でテレビやラジオでいっているのを聞くと、ばかげてる。ほんとに蹴とばしてやりたくなりますよ（倉橋由美子）

――ニュースを知って、いやな感じがした。陰惨な事件だと思う。しばらくして、腹が立ってきた。なぜ腹が立ったかというと、直感的にナルシシズムを感じたからだろうと思う（柴田翔）

ヘンリー・ミラーは、「週刊ポスト」への特別寄稿で、次のように書いている。

――三島は高度の知性に恵まれていた。その三島ともあろう人が、大衆の心を変えようと試みても無駄だということを認識していなかったのだろうか。それを問うているのだ。かつて大衆の意識変革に成功した人はひとりもいない。アレキサンドロス大王も、ナポレオンも、仏陀《ブッダ》も、イエスも、ソクラテスも、マルキオンも、その他ぼくの知るかぎりだれひとりとして、それには成功しなかった。人類の大多数は惰眠を貪っている。あらゆる歴史を通じて眠ってきたし、おそらく原子爆弾が人類を全滅させるときにもまだ眠ったままだろう。（略）いや、大衆を丸太みたいにあちこちへ転がしたり、将棋の駒みたいに動かしたり、鞭を当てて激しく興奮させたり、簡単に（特に正義の名を持ち出せば）殺戮に駆りたてたりすることはできる。しかし、彼らを目ざめさせることはできない。大衆にむかって、知的に、平和的に、美しく生きよと命じても、無駄に終るだけだ。

5

翌四十六年九月二十日。彼岸入りを前日にして、府中市多磨霊園から三島由紀夫の遺骨が盗難にあった。そして二カ月後、霊園内にひそかに遺骨は戻された。犯人は誰とも判明していない。

熱狂的ファンの行為なのか、それとも事件周辺にいた者の行為なのか、いずれにせよ一周忌を迎えるにあたり、遺骨を眼前にして祈ったのであろう。

市ヶ谷では、自衛隊員らの野次で、最後の叫びもかき消される三島由紀夫であった。が、彼の叫びは自衛隊員の胸に刻まれたのも事実であった。

三島が母校とさえ呼んだ自衛隊富士学校滝ヶ原分屯地には、彼を追悼する碑が建てられている。第二中隊隊舎前の、四角なコンクリート碑である。

滝ヶ原駐屯地（旧分屯地）に
ひっそりと建つ三島由紀夫慰霊碑

「深き夜に暁告ぐるくたかけの若きを率てぞ越ゆる峯々　公威書」（碑文）

三島由紀夫の死を悼む者は多かった。なかでも、師の川端康成の衝撃は強いものであった。

――三島君の家から鎌倉に帰って夜半近く、舟橋聖一君から電話がかかって来た。舟橋君自身のかなしみを訴へ、私のかなしみをなぐさめるためであった。舟橋君は三島君の死を「憤りの死」、「美しい死」と言った。（略）私は三島君の「楯の會」に親身な同情は持たなかったが、三島君の死を思ひとどまらせるには、楯の會に近づき、そのなかにはいり、市ヶ谷自衛隊へも三島君についてゆくほどでなければならなかったかと思ふ。三島君をうしなはぬためにはさうしてもよかったと考へてみたりするやうな、それも後からの嘆きに過ぎぬ。

（新潮・昭和四十六年一月号）

「楯の会」結成一周年記念式典のとき、出席しなかった川端康成だけに、いっそう悔恨《かいこん》の情も深かったのだろう。

そして、東京都知事選挙に秦野章が出馬し、川端康成は応援することになった。連日の応援のため都内ホテルに宿泊する。演説に疲れたある夜、ホテルでマッサージにかかった。午前三時頃、川端は「入り口のドアを誰かが叩いている」といいながらベッドをおり、ドアをあけた。

「おや、日蓮様ようこそ」

といって、またベッドに戻りマッサージにかかった。

しばらくすると、

「こんどは洗面所の方で音がしますね」

といって洗面所へ歩き寄り、

「あっ、三島君。キミも応援に来てくれたのかね」

このように川端はいった。

さすがにマッサージ師も気味が悪く、悲鳴をあげ部屋から逃げだしてしまったという。

慣れぬ選挙応援のために、それにまた、川端康成の応援などという行動に疑問をもった人も多く、川端自身も心底から疲れ果てていたのだろう。そのために幻聴を聞いたのにちがいない。

が、幻聴の一つは、三島がかけつけてくれたという歓びだった。キミだけは、私の応援の意味がわかるだろうと、心のよりどころを求めたのかもしれない。すでに、この頃から川端康成の精神状態は不安定だったにちがいない。三島由紀夫の死が、奥深く川端康成の生をむしばみつづけたのだろうか（＊翌年、自殺）。

第六章　残された建白書

一通の速達便

昭和四十五年八月、三島由紀夫はライフ・ワーク『豊饒の海』の最終巻『天人五衰』執筆のため伊豆・下田の東急ホテルに滞在した。このホテルに、一人のアメリカ人が三島に招かれていた。ドナルド・キーンである。

その頃、アメリカの『ニューヨーク・タイムズ・マガジン』が、三島由紀夫のことを特集した。表紙に三島の写真を扱い、例によって、「近い将来にノーベル文学賞を受ける作家」という鳴物入りで〝ルネサンスマン・ミシマ〟を紹介したものだった。そのときのことをドナルド・キーンはこう回想している。

――ぼくが読んで、好意的に書かれていますねと批評すると、三島さん、とても喜んでいました。

これも下田でのことです。三島さんが妙なことを二、三度も繰返して口にするのを聞いていて、ぼくはちょっと気にかかりました。いま書いている小説(『豊饒の海』)に自分のすべてを入れてしまったから、あとはもうなにもない、なにも残らない、なにも書くものはない。――三島さんは、そう言うんです。
はじめのうちは、例の冗談かと思っていたが、あまり繰返すので気になりました。（略）
死ぬ年の八月の、下田東急ホテルのプールサイドでのことでした。そのとき、三カ月後に三島さんが自決するとは、夢にも思いませんでした。
（中公文庫『悼友紀行』）

そのライフ・ワークを完成させた三島は、一通のぶ厚い速達便をこのホテルから、山本舜勝氏宛に投函した。

速達便の中身は、ノートを一枚引きちぎって走り書きした山本氏への私信と、「内閣」印のあるB４判用紙にタイプされ、それを複写した二十四枚のファイルだった。そのファイルの表題は「武士道と軍国主義」及び「正規軍と不正規軍」と名付けられ二篇に分けられていた。

すでに述べたように三島は、巷で独り言を叫び犬死したのではない。ライフ・ワークを完結させ、弁護士の手によって母堂への遺言状を作成し、檄文をしたため、世間に向かって堂々所信を披瀝したことは、明確にしておかねばならない。

その三島が死の決意を固めた段階で、後につづく者たちへの遺言を誰かに託したとしても不思議ではない。筆者は、山本氏が受けとったこの速達便こそ、三島の遺言にほかならないと判断する。

陸軍大学校卒、大本営少佐参謀、陸軍中野学校教官という軍歴をもつこの「ただものではない」人物に、三島はいったい何を期待したのだろうか。

政府への建白書

速達便に同封されていた二十四枚の文書は、自民党政府、当時の佐藤内閣に向けての建白書であった。山本氏によると、三島は昭和四十五年、自決の年の七月上旬、当時の保利官房長官に、防衛に関する意見を求められた（＊当時自民党内に三島を東京都知事に推す声が浮上していた）。そこで日頃からの持論をテープに録音し、それがタイプ印刷されてこの書類となった。それは、佐藤総理が目を通したのち、閣僚会議に提出される手筈になっていたが、自分への批判と受け止めた防衛庁長官中曽根康弘氏が、長文の反対意見を保利氏に寄せ、閣僚会議に出すことを妨害したものであり、闇に葬られることをおそれた三島が、山本氏にその証拠を遺した。

しかし、その後他界した保利氏が生前、「テープが佐藤総理に届けられたのは事実だが、（総理が）耳にしたかどうかは知らない」（昭和五十三年六月二十四日付朝日新聞）と答えており、中曽根氏も、すべては三島の幻想だと否定している。

さて、この建白書のなかで三島が、声を大にして訴えているのは次の三つの主張である。

第一は、戦略上共産主義陣営は自由陣営に対し、基本的利点をもち優位にあるということであり、第二は、戦後日本は、防衛の基本的前提ともいうべき国家の政治体制が、戦略上最大の弱点になっているという指摘である。第三は、日本の国防理念には基本的矛盾があり、日米安保と関係のない自主防衛を確立し、その矛盾を解消して第一、第二の不利を克服しなければならぬということである。

さらに特筆すべきことは建白書前篇末尾の次の言葉である。

「あくまでそれによって日本の魂を正して、そこに日本の防衛問題にとって最も基本的な問題、もっと大きくいえば、日本と西洋社会との問題、日本のカルチャーと、西洋のシビライゼーションとの対決の問題、これが、底にひそんでいることをいいたいんだということです」

と結んである。

この対決は、かつての軍国主義による力の対決ではなく、日本文化による止揚《しよう》であると三島は強調しているのだ。

そこに、表題を「武士道と軍国主義」と名付けた理由がうかがえる。かつての軍国主義は西欧に学んだものであり、それを伝統文化から生まれた武士道をもって克服、止揚すべきことを建白の核心に据え、日本がそのことを悟らずして、軍備を増強するとき、ふたたび進退が窮《きわ》まる、と三島は憂慮している。

ここに建白書を掲げて、読者の理解に供することとする（＊明らかな誤字・脱字は編集部で訂正しました。なお一部割愛したことをお断りいたします）。

『武士道と軍国主義』

〈私は戦後の国際戦略の中心にあるものはいうまでもなく核だと思います。そして核のおかげで、世界大戦が避けられているのも事実ですが、同時に核が総力戦体制をとることをどの国家にも許さなくなりました。なぜなら、総力戦体制をとった戦争はただちに核戦争を誘発するからであります。そして世界戦争の危険が避けられると同時に限定戦争という新しい戦争が始められました。限定戦争は米ソ二大核戦力のまさに周辺地帯で行われ、二大勢力の均衡が保たれるか、保たれないかという瀬戸際で、その辺境の代理戦争というような形をとって行われていることはご承知の通りであります。これはあくまで核戦争によって爆発するかもしれないエネルギーが穏当に掣肘されて限定された形で行われますから、限定戦争というものは当然、総力戦体制の反対の戦争体制になります。

ところが、限定戦争の最大の欠点は国論の分裂を必然的にきたすということであります。なぜなら総力戦体制に入った場合にはどんな自由諸国でも国民の愛国心が大いに高揚されて、国民はいやでも、おうでも、祖国のために戦うという信念に燃え立ちます。第二次大戦当時がそうでありました。ところが今は、一方で国家が国家の国際戦略に従って限定戦争を行っても、国内では総力戦体制がしかれておりませんから、これに反対する勢力は互角の勝負で戦うことができます。従って限定戦争があるところでは、必ず平和運動と反戦運動が収拾できないような勢いで燃え上がります。

これは、私は必ずしも一部の論者がいうように共産国家の陰謀とばかりは思っておりません。限定戦争の原理自体の中に国論分裂をきたすような要素があって、しかも、それを宿命的に招来したのが核兵器の発明なのであります。しかしながら、限定戦争に対して抵抗する体質としては、自由諸国と共産諸国ではおのずから違います。

共産諸国は閉鎖国家で、その中での言論統制が自由であり、相互の監視が徹底していますから、国論の統一のためにはどんな陰鬱な暗澹たる手段を弄することも辞さない。従って限定戦争下における国論統一という点では、言論統制を平気で実行できる共産政権のほうが分がいいのであります。

これを一つお考えいただくと、第一点として、限定戦争下における国論統一の有利性ということがお分かりになると思います。そしてアメリカではご承知の通り反戦運動が収拾のつかないような形になっており、しかもそれがブラック・パワーのような一種の民族主義的なものと結びついて、ますます国論統一を妨げていく状況です。

第二に代理戦争は、二大勢力の辺境地帯で戦われる戦争でありますから、その土地の原住民が相戦うという形で行われるのが普通であります。そしてその戦争の原因は、植民地戦争であるとか、あるいは民族戦線であるとか、民族独立の理念を利用する形で行われます。そうすると代理戦争は、あたかも原住民同士が戦うかのようでありますけれども、自由諸国としては、自ら正規軍を派遣してこれに対処しなければならない。ところが共産圏の有利なことは、人民戦争理論というものがありますから、自由諸国の正規軍に対して、自分のほうは不正規軍をもって不正規戦を戦うことができる。この不正規戦はあくまで人民が主体で、女、子供もこの戦争に参加します。そして彼らは、いわゆる工作員になって、全く何も知らない子供が手紙の走り使いにつかわれても、その手紙が重要な秘密文書である場合もある。そういう形で、昼は農耕し、夜はゲリラの戦士となるというような戦争が戦われています。そして共産政権はその背後に隠れて、外部からの軍事援助でも、あくまで隠密にこの援助の形で行うことができますから、あえて正規軍を派遣して自由諸国の正規軍と正面衝突させる必要はないわけであります。

この人民戦争理論によって国の独立と植民地解放という大義名分が得られる点で、共産圏の非常な利点となるのは、ヒューマニズムをフルに利用できるということであります。なぜならば女、子供が殺されるようなソンミの大虐殺は、世界世論を動かして、世界中で安楽椅子にもたれてご馳走を食べて食後の酒を楽しんでいる人たちが、もし自分の子供がこうなったらどうしよう、自分の女房が首を切られたらどうしよう、そういうことを考える場合には、ただちに感情移入ができるわけです。そしてとんでもない話だ、かよわい女、子供を正規軍の制服を着た軍人たちが虐殺する、これはヒューマニズムの見地から許すべからざることだという類推が、日常の生活態度の中から非常に容易に成り立ちます。従って、戦後の戦争はすべて世論を背景にした戦争でありますから、もしそういう問題が起きたときには、共産圏は人民戦争理論によるヒューマニズムの利用という点において非常な利点をもっております。これで一方では、アメリカ正規軍の兵隊が十人死ぬとする。一方では人民戦争に参加した、あるいはひそかに参加した女、子供が十人死んだとする。その場合にその死の与える衝撃は女、子供のほうが何十倍強いことはご承知の通りであります。

共産圏の戦略はご承知の通り、人が一人死ねば、これぐらい有難いことはない。むしろ一番かよわい者が死ねばこれほど有難いことはない。これはただちに宣伝に利用されるし、全世界のアームチェアーに座ったヒューマニストたちを動かすことができるからであります。ところが軍人が死に、あるいは警察官が死ぬということに対して、アームチェアーに座った人たちを動かすことはできません。

端的にいって、死ぬ商売の人間が死んだって何だということになります。この人民戦争理論によるヒューマニズムの徹底的利用という点について、共産圏のもっている利点は計り知れないものがあります。

従ってこれもまた、核の反射的な影響だと考えることができます。なぜならば、われわれは核を使うことができませんから、従って在来兵器、コンベンショナル・ウィポンによる戦争しかありえない、しかも大国がコンベンショナル・ウィポンをもって戦うことは危険でありますから、必然的、論理的に代理戦争の形態をとる。そしてコンベンショナル・ウィポンで戦った戦いが、必然的に人民戦争理論に負けるという形になるのです。これが東南アジア一般に広がっているアメリカのアジア軍事戦略体制と現地住民との問題の焦点になります。

今いったことをだいたい要約しますと、共産圏の利点としては、限定戦争下における国論統一の利点、第二は、人民戦争理論によるヒューマニズムの徹底的利用の利点、この二つが最大の利点であります。この点については自由諸国のマスコミュニケーションは、むしろ共産圏に有利に働くわけであります。なぜなら国論分裂はマスコミュニケーションの得意とするところであります。

なぜ国論分裂が得意であるか、自由というものが唯一の、つまり最高のプリンシプルであるとすれば、限定戦争に反対することが自由の最大の根拠になるからであります。従ってベトナム戦争反対は、ニューヨークタイムズをはじめ全世界のマスコミュニケーションにとって、一番民心にアピールする、有用な商売の材料になるわけです。

これは文学的な問題になりますが、アーサー・シモンズという文芸評論家がいっていますが、文学で一番容易な方法は人の涙を流させること、猥褻《わいせつ》感を興させることである。従って文学で一番楽な文学は、センチメンタル文学と好色文学であるといっております〉

〈日本のことを考えますと私は、日本はやはり、あくまで忘れられたものに対する価値というものを認識していないという感じがしてしようがないのです。というのは、日本も自由諸国の一環でありますから、私は言論統制ということには非常に反対であります。

そして分断国家の場合には共産圏に対する反感、憎悪、あるいは競争意識、こういうものは国民に瀰漫《びまん》しておりますし、また、共産圏からも直接的な被害、肉親の殺戮、その他のおそろしい体験がありますから、これに対する言論統一はむしろ容易であります。韓国が良い例であり、いろんな分断国家ではそういう例が見られます。

日本は分断国家ではなかったがゆえに、別な不幸を背負っているのは、そういう意味で非常に言論統一ということはむずかしい。もしこれを強行しようとすれば、非常に人工的な手段を使って、ますます国民の反撃を買うような方法でしかできないわけでありますから、マスコミ操作ということ自体がむずかしくなってくる。これはアメリカも同然であります。ところが日本人には民族精神の統一として、その団結心の象徴というものがあるのに、それが宝のもち腐れになっているというのは、これは当然天皇の問題であります。またもう一つは、第二のヒューマニズムの利用という点につきましても、われわれは現代の新憲法下の国家においてヒューマニズム以上の国家理念というものをもたないということによって苦しんでいる。

というのは、新憲法の制約が、あくまで人命尊重以上の理念を日本人にもたせないようにぎりぎりに縛りつけてあるからであります。私がこれから申し上げる防衛問題の前提としてこれを申し上げるのは、われわれはヒューマニズムを乗り越えて、人命より価値のあるもの、人間の命よりもっと尊いものがあるという理念を国家の中に内包しなければ、国家たりえないからであります。これは種々利用されて欠点はありますが、われわれは天皇というものをもっている。われわれがごく自然な形で団結心が生ずるときの天皇、それから、人命尊重以上の価値としての天皇の伝統と、この二つのものをもっていながら、これを常にタブーにして手を触れることができないままに戦後体制を持続してきた。ここに私は、共産国、敵方に対する最大な理論的困難があるにもかかわらず、結局この根本的な問題を是正することなしにずるずると動いてきていることに、非常に危機感をもたざるをえないのです。そして現在の状況は、戦争はすぐには起こりますまいが、ある暴力が発生すると、非暴力というものが非常に良いことに見えます。そして非暴力というものはそれ自体で二枚目にも見えるし、非常に人々の共感を買い、安全感をそそるものになります〉

〈第二に私は、国防理念の問題を申し上げたいと思います。それで国防理念の問題としては、われわれはつまり物理的な、あるいは物量的な戦略体制というものに非常に頭が凝り固まっている。たとえば中国の核の問題。この核に対抗する手段がわれわれにはないわけです。ＡＢＭ（＊弾道迎撃ミサイル）をもとうと思ってもＡＢＭは非常に金がかかりますから、ＡＢＭだけをもつことだけでも大変なことであります。それによってわれわれは、集団安全保障という理念の中に入って日米安保条約によってアメリカの核戦略体制の中に入るということを、国家の安全保障の一つの国是にしているわけであります。ところが、アメリカはＡＢＭをもっておりますが、日本はＡＢＭをもっていない、従って核に対しては、われわれはアメリカの対抗手段に頼ることはできますが、アメリカの防御手段はわれわれわれから疎外されているわけであります。

われわれは防衛手段を自分でもたなければなりませんが、その防衛手段については、あくまでも核の問題が入ってきますから、非核三原則を原則とする現政府では、それについて核に対抗する核的な防御手段もまた制限されているといわなければなりません。ところが集団安全保障と自主防衛との問題がだんだん出てきますにつれて、この間の矛盾が、私は、国防理念の中でだんだん大きなギャップと裂目を露呈してくるのが、これから二、三年の大きな問題ではないかというふうに考えております。

というのは、沖縄の問題において、われわれは自主防衛という問題にいやおうなく直面せざるをえませんが、自主防衛とは何であるかということについて、まず人々が考えることは、核のことであります。われわれは核がなければ国を守れない。しかし核はもてない。これは永遠の論理の悪循環で、核がもてないから集団安全保障に頼るほかはない。従ってわれわれにとっては、純然たる自主防衛ということはありえないんだ。われわれの自主防衛というものは、集団安全保障の前提付きの上で、二次的に自主防衛というものが、かろうじて許されるわけである。こういう固定観念が私は非常に強くなっていると思います。

そういう場合には、新憲法自体が国連憲章の上に成り立っていまして、国連の防衛理念というものが第一になっているにもかかわらず、われわれは国連軍に参加することもできませんから、国連の防衛理念に対しては片務的であって、われわれは国連的な防衛理念によって、自らの手で自らを守る、というような論理的矛盾を侵さざるをえない。もしこれが全部国連理念で統一されたといたしますと、問題はむしろ簡単なのであって、自主防衛を完全に放棄したということで、そして自主防衛は全く成り立たない、われわれは国連軍である、われわれには何ら自分の軍隊はないのである、その代わり、国連軍に参加して国連警察軍として海外派遣もやろう、あるいは核兵器、つまり国連の管理下に置きながらこれを使用することもあろう、こういう形で国防理念を完全に国連憲章と一致させることであります。これは、私は新憲法を論理的に発展させれば、そこへ行かざるをえないと思いますが、しかし、どうしてもここに自主防衛という問題が出てきますのは、これは理念の問題としてではなく、おそらくアメリカのベトナム戦争以来の戦略体制の政治的な反映が強くなっていると思わざるをえないのであります。これらはアメリカではベトナム戦争の混乱が生じてから、ある意味の孤立主義が復活していますから、あくまでもアメリカは後ろ楯である、しかし現地においては、アメリカ人の血を一人でも流させないで現地人にやってもらいたい、つまりアジア人をして、アジア人と戦わしめるという考えであります。

これは何であるか。

私は、これは人民戦争理論の反映であると思うのであります。つまり共産側はこれを前からやっているのであります。そしてソビエト兵の血を一滴も流さないで、ベトナム兵の血を流させるということは、ずっと前からやっているのです。しかしこれには強力な、さっき申し上げたような理念的な裏付けがありまして、ヒューマニズムにのっとってやっているという言い訳が立つんです。そしてしかも民族の独立を助けてやっているという大義名分が立つんです。従って彼らが、代理戦争の理念的思想的な裏付けにおいて間然することのないことをやっているんです。

ところがアメリカは、これが反映として、各国に自主防衛をむしろ強制して、それによってアジア人をアジア人と戦わしめるという考えを政策的に出すならば、その時点において、これは左翼のいうように、アメリカ・アジア軍事戦略体制に利用されるんだ、日本人は楯になるんだ、アメリカのためにわれわれは単に楯になって働かされて第一線に狩り出されるんだ、第二次大戦におけるの黒人兵と同じように白人兵の血を一滴も流させないためにわれわれは血を流さなければならんのだ、というふうに彼らから解釈されても仕方がないような、理論的薄弱さをもっているんです。なぜなら、自由諸国は人民戦争理論というものを絶対に使わないからです。そこで問題になってくるのは、日本人に対する説得力です。自主防衛とは何ぞや、日本人は非常に単純で一本気な国民でありますから、自主防衛ということでわれわれがすぐ思い浮かべるイメージは、われわれはわれわれの国を守るのだ、外国の世話にならないでわれわれのことはわれわれでやるんだ、ともかくわれわれのこの腕の力の限り、やるだけやるというところが、われわれの考える自主防衛です。しかしこの理論的裏付けとしては、はっきりいって何もない。というのは、もし戦略的に考えれば、そんなことは不可能だ、だから国連軍に入ればいいだろう。従ってもし、非常に政治的にいえば、お前はそういっている段階でもうすでにアメリカの戦略的体制に引っかかっているんだ、お前はアメリカの傭兵になっているんだと、いわれざるをえないところへ自分を追い込むほかはない。自主防衛という言葉をそういうふうに使わしてしまったのは誰の罪だ。

私は、これはこの数年来、非常に考えてきた問題であります〉

〈このことについて一番問題になるのは、武器というものに対する考え方です。そして私はこの間、防衛研修所に行ってこの話をだいぶしたのですが、防衛研修所の人たちが十週間くらいにわたってお互いに議論してきた結論は、実に簡単なことなのです。つまり魂のないところに武器はない。これは日本の防衛体制を考える場合に、魂のないところに武器はないという、こんな簡単なことはないんです。ところが一方では、武器が多ければ魂がなくても安全だという考えがある。そして一方では、魂があっても武器がなければしようがないではないかという考えがある。これは今の日本のいわゆる非武装中立という考えをある程度、非常に観念的ではありますけれども、日本人のメンタリティーのどこかに訴えているというのはまさにこの点の矛盾をついているからだろうと思います。というのは、魂のないやつがいくら武器をもってもしようがないから武器をもたんでおこう、ということになれば実際おっしゃる通り何ともいいようがない。

しかし防衛問題のキーポイントは、魂と武器とを結合させることであります。そしてこの結合が成り立てば私は、いささか神がかりかもしれませんが、在来兵器でも十分日本は守れるというところへ来ざるをえない、という結論になる。と申しますのは、核というものは使えない、この使えないということがいかに人間の心理に悪影響を及ぼしたかということは、私は一口でいえないくらいにおそろしいことだと思います。というのは、人間のモラルというものを決定するのは、男と男のモラルを決定するのは、決闘だったのです。そしてどっちが正しいか決められないときは刀と刀で斬り合って片方は死に、片方は勝った、それが正義だということになるが、私は武器というものがもっているモラルとの関係だと思うのです。ところがこの原則が崩れた。ピストルの場合はまだ決闘ができたのです。ピストルで決闘していたのは、十九世紀までやっておりました。ところが決闘ができない武器ができた段階において、武器とモラル、モラルといっても魂と同じことですが、武器とモラルの関係が、だんだんに曖昧になってきたのです。

というのは、われわれはモラルの戦争をするときに、武器をもたずに言葉で戦えばいいのではないか。国会というのは言論の府でありますけれども、これは言論の府という裏に決闘の原理があったからこその、言論の府である。つまり、許すべからざるイデオロギーが、もとは刀で斬り合っていたのが、文明が進歩して、刀を収めよう、その代わり言論でやろうというのが、私は民主主義であり国会であろうと思います。

ところが決闘などというのを全部のけにして人間が口先で勝手なことをいえばイデオロギーになるのだ、口先でその場を糊塗すれば政治の理念も立つのだと思うようになってから、民主主義というものの根本的堕落が始まったと私は思っております。

さて話をもとへ戻しますと、決闘というものはあくまで武器で勝負を決するものである。というのは、男は昔は刀をもっていた、刀をもって自分が殺されるかもしれないが、自分の論理的主張とモラルを通すためにはこの刀に頼るほかはなかった。このために刀は使われたわけです。ところが、核兵器が発明されましてからモラルと兵器というものが無限に離れてしまった。というのは、使えないからです。

われわれは人間が使えない武器をもったときに、人間の思想と道徳の問題が最大の危機に直面したというふうに私は考える。というのは、使えない武器は恫喝にすぎませんから、恫喝によって、どんな嘘も可能になる。たとえば厖大な核基地がどこかにあるということが察知されますと、敵側からスパイを派遣してこれを察知するでしょう。あらゆる方法で情報を集めてこの核基地の所在を発見しようとするでしょう。ところがこの核基地の所在が、本当はなくてもいいんです。なくても絶対ここにあると信じれば十分恫喝になるのですから、核兵器というものは、最終的にいえば、なくてもいいんです。あるぞといっているだけで嚇《おど》かされるんです。もちろん昔の法科をお出になった方は、秋刀魚《さんま》をもって強盗に入った場合に、強盗に入られたほうがこれを凶器だと思って間違えて金を出した場合、これはどうなるのだという問題を出されたと思うのです。これは刑法上、昔から錯誤の問題として出される珍問題の一つですが、核とは秋刀魚と同じような形をもっている。もたなくてももっていると嚇かすだけで効果がある。この場合には、核というものはつまり心理的な武器になり、人間の心理に嘘をつかせる。そして嘘であっても、とにかく恫喝されるという目的が達せられればいいのでありますから、証明するような材料が最終的になければないほど有利であるわけです。

これは、沖縄問題で非常によく出たと思うのであります。というのは佐藤（＊栄作）さんがアメリカにいらしたときに、沖縄の核兵器の基地を撤去するかしないかの問題を新聞記者会見で突っ込まれました。この問題についてはわれわれは両国間の暗黙の腹芸としていえないとおっしゃった、これはもちろんです。いえないことが核兵器の不思議なところです。もしこれが普通の武器でしたら使う武器ですから、ここに日本刀が三丁あるぞ、ここに機関銃が三挺あるぞといったほうが有利なはずです。それなのにいえないところに核の不思議さがある。これで私は、武器と魂、武器とモラルというものの結びつきが非常に壊れてきた、それと同時に国民精神というものに対する影響が核によって非常にマイナスに働いてきたと思います。

というのは、国民精神とは正直なものです。国民が一致団結して火の玉になって敵国にあたろう、あるいは国を守ろうというときには、それのよりどころとして日本には昔、日本刀があったんです。あるいはアメリカにはフロンティア・スピリットがあって、ピストルというものを彼らはもっています。そこに己の存在をかけますから、俺は命をはってもこのモラルを守るというような気構えがある。しかし、あるかないか分からんものに対して、どうして人間はモラルをかけることができるか。自分の全生涯をかけることができるか。そこに国民精神分裂の一つの原因とモラルの退廃が潜んできた。

そこに参りますと、コンベンショナル・ウィポンというものの戦略上の価値をもう一つ復活すべきではないだろうか。これは人民戦争理論でなくて核でなくて、日本が戦える、しかも一歩も日本に寄せつけないというものを考えますと、これは、私は英語を使ったコンベンショナル・ウィポンでなくて、日本には日本刀というものがあるではないか、日本刀で十分だという考えに到達せざるをえない。私は、こういうのは単に比喩としていっているのであって、日本は、日本刀だけで守れるとは限りませんから、五十歩百歩ということを考えれば、たとえ非核ミサイルをもっても、地対地ミサイルをもっても、核でないから日本刀と同じことなのです。全く同じことなのです。それならば日本刀の原理というものを復活しなければ、どうしたって防衛問題の根本的なものは出てこないんです。

　われわれがもっている武器は使えるという前提がある。使えない武器は一つももっていない。使える武器だけをもっているのは日本の利点だと考えなければいけない。利点だと考えたならば、その先行きというものは日本刀だと考えなければならない。そしてここにつまり武士と武器というものを、本姿と魂とを結びつけることができなければ、日本の防衛体制は全く空虚なものになってしまう、というところが私の考えている最終的のところです〉

〈さて、武士というものはどういうものか。私は、中曽根長官が就任されたとき、又聞きですから軽率な判断は慎みますが、自衛隊は一種の技術者集団である、そしていわゆる武士ではない、などとおっしゃられたように仄聞《そくぶん》しております。私の間違いだったら訂正いたしますが、とんでもない話である。もし自衛隊が武士道精神を忘れて、いたずらにコンピューターに頼り、いたずらに新しい武器の開発や、新しい兵器体系という玩具に飛びつくことによってしか日本の防衛が考えられないようになったら、その体質において自衛隊は超近代軍隊というものがもつ非常な欠点が表われる。それは軍の官僚化ということ、次は軍の宣伝機関化だということだ。そしてこういうことは、各国の軍隊で非常に困っていることでありますが、さらにもう一つ、軍の技術者化。この三つが問題です。これは近代軍隊のもっている三つの非常な欠点で、これは毛沢東が一番恐れたことだと思います。

まず軍隊が技術者集団化すると、そのテクノクラートは、このテクノクラシーの社会で何ら軍人という意味をもたないのです。大会社の実験をやっている技術者と、軍隊で一番新しい兵器を開拓した技術者と、スピリットとしてちっとも変わらないものになる。そこに産軍合同の理念があるわけです。もう一つは軍のパブリシティーというもの、軍の秘密主義からなるだけ国民にパブリサイズすることとなれば、軍の主張は必然的に大衆社会に追随することになりますから、いつまで経っても、軍というものは、男性理念を復活することができなくて、ますますおふくろ原理に追随しなければならない。もう一つの軍の官僚化ということは、軍が戦争をしないうちに、あくまで軍の秩序維持ということに頭を労しているうちに、シビリアン・コントロールが行きすぎて、軍の体質というものが、野戦の部隊長というものを生まなくなる。あくまでも、この静かな綺麗な官僚機構の中の一環になって、これは、政府には非常に喜ばしい傾向かもしれませんが、武士としては、野生の欠如した、非常に上官にペコペコするような、全く下らない人間ができ上がる。そして、単なる戦争技術者になって一切スピリットがなくなる。このスピリットがなくなる空隙を狙って、先に申し上げた共産勢力というものは自由自在に入ってくるんです〉

〈よく外国人の記者からいわれますが、私は、小さな会（＊「楯の会」）などをやっていますから、お前は日本に軍国主義を復活する危険を鼓吹しているのではないか、軍国主義を鼓吹するためにそういうことをやっているのではないか、といろいろいわれるんです。私はいつも、それについて申しますのは、私は武士道と軍国主義というものを一緒に扱ったのがアメリカの占領政策の一番悪いところである。アメリカ人は日本が敗けたときに、日本の武士道に対する敬意だけを残すということをついにしなかったではないか。彼らは、日本の武士道と日本の末期的な軍国主義とを全く同一視した。そのために、剣道もやらせなくなった。そして、まあ一時は歌舞伎ですら、非常にこの復讐劇や、侍の精神を鼓吹したような歌舞伎はやらせなくなった。彼らは外国人だから仕方がないけれども、日本の武士道というものは、軍国主義といかに背反して悲劇的な結末に行ったかということを、歴史的に無視しておったからだというふうに、いつも説明するのです。

私が外国人に説明しますことは、乃木大将をもって、日本の軍における武士道というものは、一応終わったんだ、というふうに説明するんです。それは、どこから武士道が始まったか、という問題になりますから、武士道の淵源をいい出すと非常に長いことになりますけれども、私は、外国人にごく概略的に説明しますことは、武士道というものは、セルフ・リスペクト（＊自己尊敬）とセルフ・サクリファイス（＊自己犠牲）ということ、そしてもう一つ、セルフ・レスポンシビリティー（＊自己責任）、この三つが結びついたものが武士道である、そして、この一つが欠けても、武士道ではないのだ。もしセルフ・リスペクトとセルフ・レスポンシビリティーだけが結合すれば、下手をすると、ナチスに使われたアウシュビッツの収容所長のようになるかもしれない。なぜなら彼としても、自分自身に対する尊敬の念をもっていたろう。自分の職務に対する責任をもっていただろう。しかしながら上層部の命令する通りに四十万のユダヤ人を焚殺したではないか。日本の武士道の尊いところは、それにセルフ・サクリファイスというものがつくことである。このセルフ・サクリファイスというものがあるからこそ武士道なので、身を殺して仁をなすというのが武士道の非常な特長である。そしてこの三つが相俟ったときに、武士道というものが成り立つのだ、ということを外国人に説明するんです。

ですから侵略主義とか軍国主義というものは、武士道とは初めから無縁のものだ。武士道は、セルフ・リスペクトをもった人間が自分の行動について最終的な責任をもち、そして、しかもその責任をもつ場合には、自己を犠牲にすること、一命を鴻毛《こうもう》の軽きに比するという気持ちが武士道の権化で、これがないときには、武士道というものはない。ところが戦後の自衛隊にはこのセルフ・リスペクトというものが常になかった。またセルフ・レスポンシビリティーはあるかもしれないが、これも官僚的セルフ・レスポンシビリティーに堕してしまったかたむきがある。第三に、セルフ・サクリファイスについては、ついに教えられることがなかった。というのは、あくまでも人命尊重理念が先に立ってきたからであります。私は自衛隊にどうしても、武士道の精神を復活しなければならんと信じてきたものですから、そこで、武士道と軍国主義との差を外国人にたびたびいうのですが、一見終焉した武士道は、どういう形で生き永らえたか、私は軍閥というものは、一朝一夕で成ったとは思いません。これはやはり、山県有朋以来の権力主義の政治家と軍人とが徐々に徐々に作り上げていったものだと思うのです。その中ではセルフ・サクリファイスという理念は完全に失われてしまった。そしてもちろん、天皇の軍隊でありましたから、セルフ・リスペクトの点については欠けるところがなかった。あるいはセルフ・レスポンシビリティーの点についても立派だったでありましょう。しかし、軍の主流は徐々に徐々に、その権力主義とファシズムを受け入れる体制になりつつあった。そして全くこの頑固なセルフ・サクリファイスに生きようとする武士は、だんだん辺境へ追いやられてしまった。まあ、いい例がノモンハン事件ですけれども、ノモンハン事件で参謀本部がとった態度は、完全に責任逃れで、現地部隊長に皆自決させて、自分たちだけが一切責任を逃れて、出世しようとしか考えなかった。セルフ・サクリファイスの最後の花は、いうまでもなく特攻隊でありました。

軍のこれに対して、私にいわせれば、二・二六事件その他の皇道派が根本的に改革しようとして失敗したものでありますが、結局勝ちをしめた統制派というものが一部、いわゆる革新官僚と結びつき、しかもこの革新官僚は、左翼の前歴がある人がたくさんあった。こういうものと軍のいわゆる統制派的なものと、そこに西欧派の理念としてのファシズムが結びついて、まあ、昭和の軍国主義というものが、昭和十二年以降に初めて出てきたんだと外国人に説明するんです。私は、日本の軍国主義というものは、日本の近代化、日本の工業化、すべてと同じ次元のものだ、全部外国から学んだものだ、と外国人にいうんです。純粋な日本では、そういうものはなかった。日本の武士とはそういうものではなかった。君らがそれを教えたんではないか、われわれ日本の純粋の武士の魂の中にそういうものはなかったんだということを、口を極めて説くのであります。

軍国主義というものが実に、日本の明治以降、動いてきた歴史の中で、非常に皮肉なものがある。というのは、われわれは外国から良い影響だけ受けていたと思ったのは、非常な間違いであった。明治以降の日本がやってきた西欧化の努力によって今日まで、近代国家に来たのであるけれども、その全く同じ理念が、軍国主義をもたらしたのである。ここをよく考えないと日本の近代感覚というものの一番大きな問題はつかめない。日本は西洋から、善と悪と、何もかも全部採り入れた。その結果、今度の敗戦が招来されたと私は見るのであります。そして、軍国主義のいわゆる進展と同時に、日本の戦略、戦術の上にアジア的な特質が失われていったのは大きい。というのは、今のベトナム戦争でも分かるように、アジア的風土の中で、非常にアジア的な非合理な方法によってゲリラ戦を展開して、敵を悩ましている。日本はこういうことを一切しないで、まさに外国から得た武器によって、西洋の武器をもって、西洋と戦おうとした。これがまず戦略的に大きな問題であったのではないか。これは、私は大東亜戦争の敗因の一つではないかとさえ思っているわけです。参謀本部の頭の中に、近代化された頭脳の中に、その悪が潜んでいた。われわれはもう一つ、ここで民族精神に振り返ってみて、日本とは何ぞや、武器と魂というものを日本人はいかに結びつけたか、そこに立ち返らなければ、日本というものの防衛の基本的なものは出てこない。そのために私は終始一貫した憲法改正論者で、それが物理的に可能であるのか、不可能であるのか、そんなことはおかまいなしに、一介の人間としてそれのみをいっているのは、決してそれによって、日本を軍国支配しようとするつもりはないのだ。あくまでそれによって日本の魂を正して、そこに日本の防衛問題にとって最も基本的な問題、もっと大きくいえば、日本と西洋社会との問題、日本のカルチャーと、西洋のシビライゼーションとの対決の問題、これが、底にひそんでいることをいいたいんだということです〉

『正規軍と不正規軍』

〈軍隊の正規軍思想というものは変遷があるんです。軍隊には正規軍と不正規軍がありますが、日本は明治以降は不正規軍、不正規戦の研究ということは全然していないのです。なぜか。それは鎮台のためなのです。つまり日本の軍部の成り立ちが不正規戦、不正規軍の弾圧の目的であったためです。明治維新は革命ですから不正規軍がやったのです。つまり幕府という正規軍があって、他面いろいろの不正規軍が連合しながら正規軍をぶっ壊して明治政府が成り立ったら、国家統一のためにこの不正規軍は危険で仕方ない。ですから廃刀令を出してこれをばらばらにしてしまった。そして神風連が出てはかない抵抗をしましたが、鎮台が出てきたでしょ。鎮台はあくまで不正規軍弾圧のための軍隊でしたから。これが日本の軍隊の成り立ちです。そして日本の軍隊は正規軍だけが国の軍隊であり、不正規軍というものは国の軍隊にとっては反乱軍だ。だからそれがどんな面白い理念をもっていても、国家として認めることはできない。そして天皇の軍隊が成立したんです。徴兵制度が行われた。徴兵制度によってこの地方共同体と完全な緊密な関係が保たれましたから、国民軍というものが成立したわけです。そして徴兵制度の上に成り立った正規軍がただ一つの国軍で、このほか軍隊がないという形で終戦まで来たのです。

しかし、終戦まで来たが、その間に幾多の試練を受けているのが日支事変です。八路軍（＊毛沢東軍）にぶっつかりましたから。これで不正規戦というものに一番苦い目にあったのです。ところが対不正規戦戦略というものがとうとう展開できなかったから、大東亜戦争にずるずると引き込まれ、それで今のアメリカと同じこととなった。日本は初めて正規軍が不正規軍にぶつかってあのような目にあったのです。

ところが戦後はどうだったか。戦後は自衛隊の中から徴兵制度が取られた。そうすると二階から梯子をはずしたと同じで、旧軍人の正規軍思想だけが残って国民との間は完全に断たれてしまった。旧国民軍の中から上層部、すなわち上部構造としての正規軍思想だけが生き延びて、そして国民との関連のあった徴兵制度を取ってしまったのですから、国民との関連性がなくなってますますこの生き残りの正規軍思想と不正規軍思想とは完全に離れてしまったわけです。そこで全学連が出てきたので困ってしまったのです。全学連は、これは武器は大してありませんけれど不正規軍といえるわけです。これは人民戦争理論ですから、これは結局八路軍や何かと同じものです。そして不正規軍に対処するにはどうしたらいいかということで自衛隊はいろいろやり出したけれども、打つ手なしです。それで今、警察がやっているわけです。

ですが、これで一応鎮圧されたように見えますが、不正規戦の研究というのは自衛隊の中で非常に抑圧されているんです。わき道ですから。一度お読みになったら面白いと思うものがあります。自衛隊がいろいろパンフレットの戦術教範みたいなものを出していますが、これは部外秘で外の人は買えませんけれどもこの中で、暇があったら挺身行動（遊撃戦、ゲリラ戦）の教範というのを見てください。こんな馬鹿馬鹿しいものは世の中で見たことはない。これは可哀相に、遊撃戦を、毛沢東の戦略などを研究してきた軍人が防衛庁でがさがさに削られて、骨抜きにされて全く下らないものだけが残されて教範にされて、それが部外秘になっているのです。それを見ますとよく分かりますが、まるで会社の産業スパイの訓練所でももっともっと近代的です。これは本当に体質が古く馬鹿みたいなことが書かれている。一方でゲリラ戦というものは中国でもどこでもどんどん進歩しているし、いろいろ実戦経験を経ているので、彼らは素晴らしい戦術を展開しています。それに対抗するものは当方に今、何もないのです。それで自衛隊の遊撃戦つまり対ゲリラ、殊に都市戦略についてはは全く幼稚園以下です。しかも治安行動について彼らは理念をもたないのです。このシビリアン・コントロール下にある自衛隊がうっかり政治的に変なことになったら大変ですから、理念なしに警察の真似して楯をもって飛び出したりするわけです。

彼らはどうしても力しか考えないのです。今や向こうが力で来ないことは分かっているのですが、力で来ないということが分かっていながら、どうするかという戦略が何も展開されていないのです。ただいたずらに力、力といっていてはアメリカと同じ轍を踏むことになります。私はこれを一番心配しています。

世間の同意が得られるのは、つまり直接侵略対処ということですから、ソビエトや中国や北朝鮮が日本に攻め込んでくるということになったら、そこらのいい加減左がかった連中もそれは困る。タンクを出してくれなければ困る。大砲を撃ってくれというに決まっています。ただそうでない過渡的な状況では何もやっていないのです。国民の同意が得られないでしょう。

私は非常に心配しているのは、七二年の沖縄返還の頃に沖縄の米軍の相当の基地が残されるだろう。その場合、自衛隊が沖縄の人民と米軍基地の間に立ったらどうなるだろうかと考えます。デモを鎮圧するのにとにかく自衛隊が力を見せないで消えたときは、自衛隊全体の威信が堕ちる。また自衛隊が発砲するなり暴力を振るって住民が死んだら、先述のように向こう側のヒューマニズムに徹底的に利用される。人が一人死ねば勝ちです。そしてアメリカは涼しい顔をしている。自衛隊の理念はその瞬間に皆、崩壊します。つまりやはりいった通りアメリカの傭兵ではないか、私はここに向かって自衛隊が進んでいるのが非常に心配で仕方がない。何とかしてこれがそれまでの間に自衛隊が国軍という形にならなければうかうかしておられないと思います。しかも自衛隊の内部は危機感など微塵もないのです。もうこれ、完全に出世主義です。ことなかれ主義、物いえば唇寒し秋の風です。外から見た自衛隊と中から見た自衛隊の感じは違います。政治家には良いとこしか見せませんよ〉

以上で三島の口述（建白書）は終わっている。

昭和四十六年一月十四日

三島はこの三カ月後の十一月二十五日に自刃して果てた。なぜ十一月二十五日でなければならないのか？　その理由については、生き残った三人にも判明しないという。だが、三島は作品のなかで、それを暗示している。

……今年満で十八歳の飯沼少年は、清顕の死から数えて、転生の年齢にぴったり合うことである。
すなわち四有輪転の四有とは、中有、生有、本有、死有の四つをさし、これで有情の輪廻転生の一期が劃されるわけであるが、二つの生の間にしばらくとどまる果報があって、これを中有といい、中有の期間は短くて七日間、長くて七七日間で、次の生に託胎するとして、飯沼少年の誕生日は不詳ながら、大正三年早春の清顕の死から、七日後乃至七七日後に生れたということはありうることだ。

（『奔馬』）

三島は、次の生に転生する可能性の高い七七日間（すなわち四十九日）を自らの中有の期間と定めた、のではないだろうか。七七日後の一月十四日は、四十六回目となるはずだった、三島由紀夫の生誕日である……。

（了）

【特別寄稿】三島由紀夫先生の遺書

元楯の会班長　本多　清

何故そこに自分がいないんだ

それは信じられない光景だった。

そのとき私は、自宅の食卓に着いて、何気なくNHKテレビの昼のニュースを見ていた。

「三島由紀夫、自衛隊に乱入」

何を言っているのか分からなかった。

「四人の『楯の会』会員も乱入しました」

先生が市ヶ谷自衛隊の総監室のバルコニーに立ち、演説している。傍らには森田必勝学生長が、険しい形相で付き従っている。

「何故だ。何故そこに俺がいないんだ。何故俺は家で、飯なんか食っているんだ」

呆然としてテレビ画面に目をやるばかりの私に、電話がかかった。「楯の会」会員の川戸志津夫である。私は彼の車で市ヶ谷に駆け付けた。毎月「楯の会」の例会を行う市ヶ谷会館の玄関前で、「楯の会」会員が整列して「君が代」を歌っている。それが十一月の例会なのだった。

それまでは例会の案内は私が出していた。ただ九月、十月は三島先生が手ずから葉書を出したのだが、何故か十一月の案内はなかった。私は蹶起も知らされず、例会も知らされなかったのである。

その日の夕刻、先生の奥様から電話があった。奥様はつとめて落ち着きを保とうとされているように感じられたが、それはこちらの勝手な思い込みだったかもしれない。

「あなた宛の遺書があるので取りに来て」

ただ家の周りは報道陣がいっぱいで「楯の会」会員だと分かると大変だから、

「親戚だと言って裏口から入ってきなさい」

と言われた。

三島邸の前の道路は多くの報道陣や車両で埋め尽くされていた。私は言われた通り素知らぬ顔で裏口から入る。奥様の瑤子《ようこ》さんが待っていた。

「しっかりしなさいよ」

私は二階の部屋に案内された。そこは先生が日光浴を楽しむバルコニーに面した部屋だった。部屋は一階、二階と吹き抜けで、三階の円形の部屋と浴室とが一体になっている。それは外国映画かで見たような空間だった。

「ここが主人の寝室なの」

もちろんはじめて見る部屋である。

「ここでゆっくり読みなさい」

遺書の表書きには私の名が記され、脇に、住所と電話番号が書き添えられていた。

先生は、奥様が私に連絡できるようにと電話番号を書いておいたのだろう。その日の朝まで先生が休んでいたベッドの傍らで、私は遺書を何度も読み返した。

三島由紀夫に会ってみたい

昭和四十二年一月、大学のクラスメイトの一人から、「三島由紀夫に会うんだ」と聞かされた。それまで思い浮かべたこともない別世界の人の名である。「君もどうだい?」、その瞬間「会ってみたい」と思った。そう口に出した。

三島先生のお宅は、ロココ様式という、やはり別世界の、優美な建物だった。私たちは応接室に通され、そこにはすでに何人かの学生が集まっていた。応接室はテラスに面し、吹き抜けの窓から光が差し込んで明るく、続きの二階部分の居間へと上がる階段が特徴的だった。

やがて三島先生が姿を現わした。がっしりした体つきで、男くささを漂わせている。先生は力強い口調で語りかけた。

「皆さんに集まってもらったのは、六〇年安保騒乱に鑑み、来たる七〇年安保を見据え、警察力だけでは不安がある。ついては民間防衛隊を創設し、対処する必要がある。日本の文化、伝統を守るためにともに戦おうではないか」

「そのためには、軍事技術、軍事知識が必要になる。まずこの三月に一カ月間、自衛隊に体験入隊をして訓練を受けないか」

その場にいた学生たちは全員参加することになった。これがのちの「楯の会」の一期生である。我々「楯の会」会員が受けた自衛隊の訓練は、新人自衛官が受ける基礎訓練からはじまり、戦術の講義、戦闘訓練、新兵から幹部になるまでのプログラムが一カ月で習得できるように組まれていた。

自衛隊に刃を向ける？

昭和四十五年元旦、三島先生のお宅で新年会が開かれ、「楯の会」からも班長十名が招かれた。文化人など先生の友人たちや、山本舜勝陸将補ら自衛隊幹部も招かれていた。豪勢な料理が運ばれ酒宴がはじまると間もなく、美輪明宏さんが部屋に入ってきて、私の隣に座った。

その美貌は、美男美女がひしめく映画演劇の世界にあって際立っている。特にそのユニセクシャルな美しさは、この世のものとも思えない妖艶なオーラを放っていた。

まだ三十代前半、三島先生が「天上界の美」と絶賛する美輪さんは、先生を「言葉の宝石箱」の持ち主と尊敬し、心酔していた。当時女優として最高の輝きを見せていた彼女が近づくだけで、私は圧倒された。劇作家としても独自の世界を築き、劇団を主宰していた先生は芸能界にも深く人脈を広げていたのだ。

突然、美輪さんが立ち上がった。

「三島先生の後ろに誰か立っている」

周囲のどよめきをよそに、先生は落ち着いた口調で、

「誰だろう」

「名前は分かりません」

先生が数人の名前を挙げ、美輪さんは何度か首を振った。

「いえ、違います」

先生は少し考えた。

「磯部ではないかな」

「その人です。磯部さんです」

少し甲高い声に聞こえた。

その名前には私も聞き覚えがあった。磯部浅一一等主計は、二・二六事件の首謀者である。我々「楯の会」会員にはなじみの深い人物であった。かつて三島先生は『「道義的革命」の論理』という本のなかで磯部一等主計の遺書について書いていた。

「磯部か……」

先生は自分に言い聞かせ、納得させるように呟いた。その表情にはどこか嬉しげなほころびが浮かんでいるように見えた。

この宴の最後の挨拶で、三島先生は山本陸将補らに向かって、

「場合によっては自衛隊に刃《やいば》を向けることもありうる」

と発言された、という。私は覚えていないのだが。

自衛隊との黙約

「楯の会」は大学生を中心に構成され、十名を一班として八班、社会人によるＯＢ班、希望者で構成される憲法研究班などからなっており、百名ほどにまで育っていた。月一回の例会、年二回の体験入隊を行い（入会の際は一カ月間）、その後は一週間のリフレッシャー訓練を受ける。さらに自衛隊での入隊訓練以外に、都市でのゲリラ戦を想定した訓練を課せられる。四十代の先生も二十代の我々と同じ厳しい訓練を自らに課していた。

その他、希望者は週一回、水道橋の空手協会道場で先生とともに汗を流した。私は班長に任命されていた。班長は毎週木曜日剣道と居合の稽古を、皇居内の済寧館で先生とともに行った。稽古の後、皇居前のパレスホテルのレストランで班長会議が開かれることになっていた。そこには万一不測の事態が起きたとき、皇宮警察とともに皇居を守れるようにするという意図が隠されていたのだろう。

昭和四十三年、自衛隊は「楯の会」への訓練をはじめることになった。先生は自衛隊が治安出動する際に「楯の会」を協力させるという構想を温めていた。それは、自衛隊上層部の思惑とも一致していたようだ。

この頃、学生運動における過激派の闘争戦術は激化し、投石や火炎瓶などによって警官にも死者が出ていた。

五月に入って、パリでは五月革命と呼ばれる学生や労働者・文化人の大騒擾が起こりはじめていた。いわゆる「カルチエ・ラタン」（ラテン語区）とは、パリ大学など名門高等教育機関が集中する地域で、反体制運動の中心、拠点となった。

同じように翌六月には、東京にもこのような闘争パターンが姿を現わす。東大や日大の全共闘が、大学内に設けた拠点から出撃し、市街地の一角にバリケードを作り、群衆を巻き込んで、機動隊などと対峙していた。

これに呼応するように、自衛隊上層部の命を受けた山本舜勝陸将補が部下を率いて、我々の指導に乗り出してくる。

山本氏は戦後、いち早く米陸軍に留学した情報畑の将官であった。自衛隊では中野学校の流れを汲む陸自調査学校（現陸自情報学校）の副校長として、自衛隊将校に隠然たる力を及ぼしていた。

当時の私にとっては文字通り雲の上の存在で、その人柄に触れるようになったのは先生の死後、山本氏が晩年に至るまで静岡県富士宮市で執り行っていた三島先生と森田学生長の慰霊祭を私も手伝うようになってからである。

この山本氏による訓練に懸ける先生の熱意は激しく、自ら都内や郊外の旅館、時には寺院や劇場などを手配して会場を確保した。一切の費用は自衛隊に負担させず、すべて先生が支払った。

山本氏による第一回訓練は東京郊外の旅館の二階を借り切って行われた。私服姿の自衛隊員も数人が参加した。

山本氏はまず、日本への間接侵略、または騒乱に対して、それを背景に行われる治安出動に際しての基本戦略について我々に認識させることから手をつけた。それはゲリラ戦略であり、その戦略の基本概念を十分に把握しなければならない。山本氏はかねてから温めていた構想による講義内容を用意していた。

世情が騒然の度を強めるなか、山本氏の指導は日増しに熱を帯びるようになり、ほとんど連日行われるようになった。戦中戦後の動乱期を戦術家として生きた人物の渾身の講義に我々は強い感銘を受けた。当時のメモをたどって、いくつかの訓練の模様を振り返ってみよう。

(五月二十七日)――日本で現実に起こったスパイ事件を取り上げる。秋田県能代市の浜辺に、二人の死体が打ち上げられたことから発覚した「能代事件」である。彼らは上陸直前にゴムボートが転覆して溺死したものと見られ、男の一人は北朝鮮人と推測された。疑問が多いのはその携行品であり、そこからスパイではないかという容疑が見えてきた。

携行品とは、ソ連製拳銃、無線機、日本円一一万四〇〇〇円、米ドル一万一〇〇〇ドル、列車時刻表、日本地図、新調背広、下着、東京と大阪の道路地図、偽造免許証、偽造名刺、粉末食糧、さらには下着に縫い込まれた暗号と乱数表だった。

このような装備から、死者はかなり大物の工作員と推測された。地図などから、秋田に上陸したのち、東京や大阪に向かう予定であると思われた。ところがこの事件は、単なる事故として処理され、謎を残したまま捜査は打ち切られている。

山本氏はこの事件を題材にスパイの手口を明らかにし、盗聴器の扱い方を示し、事件の写真などを見せて理解を深めさせた。さらに初歩的な暗号文の作り方、解読の方法、乱数表の使用法についても手ほどきをした。

講義は朝から行われたのだが、先生は事前に講義内容を多少知っていて、よほど心待ちにしていたらしく、計ったように時間ぴったりに会場に現われた。GIカットにサングラス、ポロシャツといったいでたちである。この日先生は、遅刻してきた早大生をしかりつけたが、先生にしては珍しいことだった。

講義中先生は、スパイの死体の写真に食い入るように見入っている。そして、迷宮入りになった経緯に至ると声を荒げて言った。

「どうしてこんな重要なことが放置されるんだ！」

講義が進んで山本氏が休憩に入ろうとすると、

「休憩などいりません。先を続けましょう」

山本氏の一言一言を先生は咀嚼し、本質を深く捉えているのだった。

解散後、先生は我々を誘って近くの喫茶店に入った。昂ぶった気持ちを抑え切れないように、勢い込んで語り続けた。これもいつもの先生には見られない、珍しいことであった。

そのとき山本氏は部下を使って一つの罠を仕掛けていた。喫茶店でのやりとりをその部下に録音させ、小型カメラに収めた。

翌日の講義がはじまり、テープレコーダーから自分の声が流れ、喫茶店の薄闇に浮かび上がった写真を見せられると先生は、

「うっ！」

と、絶句した。

山本氏が言った。

「どんな場所でも気を許してはいけませんよ」

（五月二十八日）――この日の山本氏の講義は潜入とレポ、すなわち連絡の技法であった。

情報を得るべき目標の地域の特性を把握し、そののち、その地域へ潜入しなければならない。目立ってはならない。そこで、その地域の特性に合わせた偽装が必要となる。たとえば学生街なら学生風、官庁街ならサラリーマン風、ドヤ街なら労務者風、さらに季節に合わせてその時々の格好を作る。偽装は姿だけではない。心の偽装も必要である。たとえば学生に変装したら、どこの学校へ行き、何を専攻しているかはもちろん、家族などの身上も想定しておかねばならない。そうでないと、突然「お父さんは何をされていますか」と聞かれても、咄嗟に返事ができないからだ。そのとき先生が山本氏に「芝居の心と同じですな」と言ったが、的を射た表現といえる。

午後からは、はじめて外での実習が命じられた。我々は普段の訓練より、ずっと慎重を期さなければならなかった。先生はマスコミの寵児であり、常に動静が注目されている。もし、先生が自衛隊と接触して「不穏な動き」をしたことが知れ、マスコミの餌食にでもなろうものなら、自衛隊と「楯の会」はごうごうたる非難を浴び、テレビカメラに追い回されることになるだろう。

「これから街頭での訓練もはじめますが、マスコミにバレるようなことがあったら、私たち自衛隊の協力はすべて終わりです」

これが両者相互が、気持ちを分かり合う「黙約」の原点となった。

この黙約は、終始固く守られた。

訓練、街頭に出る

(五月二十九日)――この日、山本氏が指定した場所に、我々は集合した。するとそこに、なんと先生は、コールマン風の口ひげをつけた変装姿で現われた。

「その姿で成功しましたか?」

山本氏が尋ねた。

「それが……総武線に乗ってきたんですが、学生風の男に『三島さんですか?』と聞かれてしまいましてね。ごまかしはしましたが、なんとも……」

先生はひどくがっかりした様子だった。

やがて我々は最初の街頭訓練に出かけた。まず六本木に行き「レポ」を開始する。六本木には当時防衛庁があり、その動向を探ろうと、各国の大使館員や諜報員がたむろしている。裏通りには、その怪しげな連中が利用する料理店や麻雀荘が点在していた。

さらに赤坂、乃木坂で訓練を行ったのち、四谷に集合した。交差点にある「無三四堂」という書店で、我々はある男に接触した。男は山本氏が用意しておいた自衛隊員だった。我々は接触を終えると次々に集合場所に戻った。

つけひげのうえにサングラスまでかけて変装していた先生は、なかなか任務を与えない山本氏に苛立ち、

「なぜ私だけ訓練をしてくれないんですか！」

と詰め寄った。

山本氏もはじめはためらっていたが、この一言で思い直し、先生に指示を与えた。先生は勇んで書店に入っていった。

（五月三十日）――折から成田闘争が激しさを増していたため、山本氏は「地域研究」のテーマを千葉と茨城にして講義した。情報戦における地域研究は主眼を住民に置くことを説明、両県の県民性や住民の性格を分析した。

山本氏が「茨城県人は理屈っぽい、忘れっぽい、飽きっぽい」と説明すると、先生が学生長（当時）の持丸氏を指さして、

「それは、君の性格にまったくそっくりじゃないか」

と言って高笑いした。持丸氏は、今分析したばかりの茨城出身だった。彼は苦笑いして頭を掻き、たちまち全員が爆笑の渦を巻き起こした。

講義後、山本氏は我々に市ヶ谷の自衛隊東部方面総監部内に入るよう命じた。東京が混乱に陥ったとき、行動をともにするかもしれない自衛隊の内部を見させる意味もあったのだろう。山本氏は、あらかじめ総監部に連絡を入れた。もし会員たちの行動が不審なものとして騒ぎになったら抑えてもらうためである。

しかし会員たちは無事次々に帰還し、何の問題も起きなかった。我々の行動はあっけらかんとしていて、かえって不審者には見えなかったらしい。なかには司令官室に入り込んで、ノドが渇いたからとコーヒーをごちそうになった猛者もいて、山本氏も苦笑していた。

その夜の反省会の席上、先生は我々に次のような訓示をした。

「このような訓練に、一市民として参加する機会が与えられ、日本の国防の基本精神といったものを、実際にこの目で見ることができ安心した。虚々実々、追いつ追われつの攻防戦は、終生忘

れない思い出になるだろう。

我々はヘマばかりやって、指導してくれた教官たちには相手にとって不足と思われたであろうが、国を思う一念と熱情で触れ合ったもので、この喜びはたとえようもない」

（六月初旬）——この日、市街地で山本氏率いる自衛隊員と「楯の会」チームによる対抗演習が試みられた。

その日は土曜日であった。山本氏はまず、先生のチームを新宿駅構内の売店脇に送り込んだ。そこである人物の写真と特徴を書いたメモを渡し、その男を張り込み尾行せよ、と指示した。

午前八時三十分、先生たち四人のチームは「男を発見し追跡をはじめた」と山本氏に報告してきた。すでに、隊員と会員たちは都内各所で対抗訓練をはじめていた。山本氏はビルの一室を借り「指令センター」として待機していたが、昼過ぎ、演習を変更し、全員山谷へ集結するよう指示した。演習がスムーズに進行したので、より高度な段階に移行することにしたのだ。都内に散らばっていた会員や隊員たちは、それぞれの連絡手段により任務の変更を知り、山谷での演習に備えた。

午後六時、先生が赤坂の弁慶橋に姿を現わした。登山帽、下駄ばき、それにヨレヨレのジャンパーを着て、まさに労務者といった変装をしていた。これがノーベル賞候補作家とはとても想像できない出来栄えだった。

先生は、このときメーキャップのプロたちを待機させていて、目的地が山谷であるとの指令を受けるや即座に顔から服装まで労務者風に仕立ててしまったのだ。

山谷への移動に先生は地下鉄を利用した。そして南千住駅で降りて集合予定地の玉姫公園に向かったが、途中、酔っぱらった労務者といった風を装っていた。地下鉄のなかでは、空いた席に座ると大声で仲間を呼んだ。

「おおッ、ここ空いてるぞ！　こっちへ座れ」

この振る舞いに、近くに座っていた乗客は怖がって席を立ってしまった。

すべてが終了したのは午後十時だった。一日中、誰にも知られてはならない緊張した訓練を続けた会員たちは、さすがに疲れ切っていた。山谷から浅草に向かい、回向院の近くにある養老乃瀧の二階で、我々は遅い夕食をとった。

「こんなにすごい経験ははじめてだ。感動した！」

先生は酒をあおりながら何度もこう言った。そして、酔った。

三島由紀夫対東大全共闘

昭和四十四年五月、先生は東大全共闘から討論集会への招待を受けた。東大全共闘は、他の著名人にも招待状を送ったが、受けて立ったのは三島先生一人だった。五月十三日、東大駒場キャンパスの駒場講堂に赴いた先生の前には、千人を超す学生たちが席を埋め尽くしていた。投石や火炎瓶で攻撃するなど過激な集団行動を見せていた学生たちとの対峙だったが、先生は、警察からの警備の申し出も断り単身会場に現われた。私は集会の最前列に潜り込み、いつでも飛び出せるよう身構えて先生を見守った。

さすがに先生は、その場の雰囲気に飲み込まれることなく、ユーモアたっぷりに語りかけ、応えた。おもねることも、さりとて相手を馬鹿にすることもなかった。もとよりかみ合いようのない討論だったが、先生の次の言葉は痛快で見事だった。

「たとえば安田講堂で全共闘の諸君がたてこもったときに、天皇という言葉を一言彼らが言えば、私は喜んで一緒にとじこもったであろうし、喜んで一緒にやったと思う。これは私はふざけて言っているんじゃない。常々言っていることである」

最後に先生は、二時間半のシンポジウムの間に飛び交った「天皇」という言霊《ことだま》に触れ、その言霊をここに残して去っていくと言った。そして、「諸君」の熱情を信じると。

クーデター計画

昭和四十四年六月、自衛隊と「楯の会」の訓練はさらに激しさを増していた。訓練が一区切りついたある夕方、三島先生は他の自衛官とともに山本氏を夕食に誘った。千代田区駿河台の「山の上ホテル」は、作家などが原稿を執筆するホテルとして知られている。その誘いが、ある決意を込めたもので、自衛隊に行動を迫るものであることを山本氏は予感したという。自衛官らがホテルの入り口に姿を現わすと、すぐに個室をとった。

「大事な話がある。食事は話が終わってからするから私が呼ぶまで来ないでほしい」

強い口調で、部屋に案内したボーイに言うと、先生は先頭に立って部屋に入った。全員が席に着くと、先生はドアを閉め、鍵をかけた。ただならぬ気配に全員が身を引き締めた。テーブルに着いた五名の自衛官は皆、日頃から先生が信頼している者たちだ。

先生は紙片を取り出し、男たち一人ひとりの顔を見渡すと、紙片に書かれた文章、三カ条からなる「クーデター計画」を読み上げた。その一カ条は、「楯の会」が皇居に突入して、皇居を死守する、であった。「皇居突入」「死守」という激しい言葉が、その場の空気に重くのしかかり、いつまでも残響を残した。

「すでに決死隊を用意している。九名の者に日本刀を与えた」

若い将校が一人、その計画に深くうなずいた。

しかし山本氏は、言下に否定した。

「この状況下でその計画はありえません。我々はまず訓練をして、その日に備えるべきです。それも自ら突入するのではなく、左翼乱入を阻止するための行動でなければなりません」

「話が違うじゃないか」

「あなたは我々を裏切るのか」

いきりたつ将校たちを制したのは三島先生だった。

しばらく沈黙が続いたのち、先生はマッチを擦り灰皿の上で紙片を燃やした。

食事がはじまった。

「パンになさいますか、ライスになさいますか」

ボーイが注文をとりはじめた。

「パンにしてもらおう」

と山本氏が応えると、先生はこれにかぶせるように言った。

「私はパンが嫌いだ」

気まずい空気のなかで、次の訓練予定が話し合われた。山本氏があれこれ案を出すが、先生はうなずくだけでどれにも賛意を示さない。山本氏が一通り話し終えると先生は大きく目を見開き言った。

「次の訓練は総理官邸での演習にしよう」

「それは無理です」

無理なことは先生自身がよく分かっていることだった。先生は山本氏の進め方に不満があった。しかし山本氏なくして己れの画する闘いに勝つことはできないことも痛いほど承知していたのである。


昭和四十四年三月、三期生の体験入隊が一カ月間行われた。一、二期生の練度を上げるため、同時に一週間のリフレッシャー訓練も行われた。このとき、自衛隊と「楯の会」会員が敵味方に分かれ、敵（ソ連軍）の大将に扮した先生を拉致するといううきわどい「演習」も行われた。

訓練の最終日には駐屯地近くの旅館などで、打ち上げを行うのが恒例となっていた。あるとき、先生と親しかった石原裕次郎さんが弟子の渡哲也さんを伴い、飛び入りで宴会に参加したことがあった。裕次郎さんはさすがに大スターの貫禄十分で飲みっぷりも豪快だった。片や渡さんはまだ初々しく、しかも下戸だった。

この三月の訓練を終え東京に戻ると、しばらくして先生から呼び出しがかかった。南馬込のお宅に伺うと森田さんが先に来ていた。

「『楯の会』も百名に増えた。いつまでも学生長（持丸氏は結婚を機に退会）を空席にしておくわけにはいかない。君らのどちらかが学生長になるよう、二人で決めろ」

と言う。いつもヘマばかりしている私を気にかけてくれている先生の思いやりに、胸が熱くなった。

森田さんは早稲田の先輩、人望もある。

「先生、私は辞退させていただきます」

即座にこう答えた。

今、五十年余り経ってみて、もしあのとき、私が学生長になっていたらどうなっていただろうかと思うことがある。

自衛隊出動せず

昭和四十四年秋、国内情勢は日に日に騒然の度を増し、人々は落ち着かなかった。各大学では全共闘が大学改革を唱え、学内にバリケードを築いた。ベトナム反戦運動の高揚も相まって、新左翼各派が最大の目標と設定した一〇・二一国際反戦デーが迫っていた。

自衛隊の治安出動を期待していた三島先生は、「楯の会」の指導をも自衛隊員たちと一体になって、闘争・騒乱のなかでこそ行うべきだと考えていた。

十月二十一日、我々は未明から訓練を開始した。都心の要所に数カ所の拠点が設置され、先生は週刊新潮の臨時記者となり、山本氏の部下が護衛についた。

全共闘、新左翼各派など、学生、労働者は前夜から結集し、早朝から行動を開始した。都内各地点で激しい闘争が繰り広げられ、山手線などの電車はほとんど運転停止の状態に追い込まれた。

やがて、闘争部隊は新宿駅周辺に集結しはじめた。野次馬も多く、群衆からの投石は絶えない。警備に当たった警視庁機動隊との間には殺気が漲った。突入した部隊の火炎瓶により、駅構内は炎に包まれた。

夜になって、総勢三万二千人の機動隊員が出動、ガス弾、放水などにより鎮圧に努めた。この日東京では、四百五十名、全国では九百十三名という空前の逮捕者を出している。

我々も激しい闘争の渦中にあった。山本氏は「楯の会」会員を都内各地に展開させ、実際に自分の目で状態を把握するよう指示した。

火炎瓶が黒煙を噴き上げるなか、ガス弾の催涙ガスに、先生も目を真っ赤に充血させていた。状況を確認したのち、我々は新宿方面に移動した。思わぬ激闘にさらされ我を忘れているような光景。昼過ぎ、我々の行動を把握するために、山本氏はあらかじめ設けてあった行動拠点にいったん引き上げさせ、やや遅めの昼食をとる。

そのとき山本氏は、先生の興奮を和らげようと、用意していたウイスキーを勧めた。

「どうです一杯。落ち着きますよ」

「エッ、なんですかッ、この事態に酒とは……」

先生は憤然と席を立った。

午後九時を過ぎて、事態は急速に収拾に向かった。学生たちは抑え込まれ、この日、市ヶ谷、朝霞、練馬の各駐屯地で待機していた戦車隊を含む陸自部隊の治安出動はなかった。

山本氏は我々会員にも解散を命じた。

楯の会一周年記念パレード

先生から私の家に電話がかかることはなかった。ところが、

「三島由紀夫と申します」

先生は必ず姓名を名乗られたようだ。

先生からの電話にびっくりしたのだろう。

「き、きよし！」

母が慌てて私に取り次ぐと、

「やられたな」

先生はひと言、そう言った。

昭和四十五年三月三十一日、赤軍派による「よど号」ハイジャック事件が起きた。その直後である。

不意をつかれた。なぜ「やられた」なのか、咄嗟にその意味を飲み込めなかった。

「ええ、そうですね」

取り繕うだけの私の応答は、先生には不満だったに違いない。ほんの数分経ったとき、私は後悔の念を抱いた。

昭和四十四年十一月三日、「楯の会」一周年記念パレードが先生が理事をつとめていた国立劇場の屋上で挙行された。

「経済的繁栄と共に、日本人の大半は商人になり、武士は衰へ死んでいた……」

この一文は、パレードの招待者に配られたパンフレットに掲載されたものだ。

国民の多くが国際反戦デーなどに揺れた記憶の残るなか、人々のパレードへの受け止め方は微妙だった。出席メンバーなどに興味を示した東京新聞が取材に乗り出したこともあって、一部出席の辞退も相次いだ。

パレード会場からは皇居が指呼の間に見えた。自衛隊音楽隊の演奏、統率のとれたパレードと、すべてが先生の演出通りだった。その模様はマスコミも大きく報じた。パレードは十五分で終わり、式典後祝賀会が開かれた。先生は多くの外国人記者を前に、英語でスピーチされた。

最後の班長会議

二十五日を六日後に控えた昭和四十五年十一月十九日、班長会議が行われた。蹶起に加わる森田必勝、小賀正義、小川正洋、古賀浩靖、そして蹶起から外された班長の私。私も含め他の班長には蹶起の話は何も聞かされていなかった。

その最後の晩餐に、私は先生からメッセージを伝えられていた。

「お前は獄中に繋がれても、死んでも、俺と同じことをやる。思想を変えないよな」

先生はさりげなく「死」の言葉を忍び込ませていた。

「人生は暗夜に遠くで燃える一本の蝋燭の光を信じ、それを目指していけばいいんだ」とも先生は言った。


実は私が瑤子夫人からいただいたものがもう一つある。生前先生が愛用されていたブレザーコートとネクタイである。

一度だけ袖を通したが、それを着て外出したことはない。大事に、心の蓋を閉ざすように、奥深くしまってある。が、ごく稀にもう一度その感触を確かめたくなることがある。私は先生から、私の一生を懸けても、とても返せないほど、深く大きな恩をいただいてきた。先生の形見を目にすると、そのことが痛みとなって襲ってくる。

先生の思いやり、優しさが、優しさゆえの哀しみが、無力な私の心を張り裂く。

「自分は何もお返しすることができない……」

三島由紀夫の迷い

人は皆、肉体の衰えを知る。三島先生は自分が何事か為すときに、必要な肉体を持たねばならないと思っていた、と思う。だから、常に肉体を鍛えておかなくてはならないし、衰える前に、何事か成し遂げなければならない。

そのことを私はごく当たり前のことと考えていた。ただ、先生が自らに要求する肉体のレベルについて、先生にお会いしたはじめの頃に知って、正直腰を抜かすほど驚いた。

先生は本気だった。そして、だからこそ厳しい道のりだったし、自らに課した緻密なスケジュール達成のための超人的な努力を貫かれた。

昭和四十二年元旦付読売新聞に寄せた「年頭の迷ひ」にも、先生が一人抱え続けた強い痛みと悲しみが隠されている。そのことを今、私は痛切に感じるのだ。

「自分も今年満四十二歳になるが、せめて地球に爪跡をのこすだけの仕事に着手したいと思って一昨年から四巻物の大長編にとりかかったが、少しでも早くこの作品の完成にたどりつきたいという祈りの反面、この大長編が完成する五年後は四十七歳になり、これを完成したあとでは、もはや花々しい英雄的末路は永久に断念しなければならない……」

私はまだ迷っている。三島先生は世界的な作家であり、思想家である。一人残された私に、先生が何を求めたのか知らねばならなかった。その一つの手がかりが、もしかしたら先生の最後の大作「豊饒の海」に残されているのではないかとも考えた。

「豊饒の海」は平安時代後期に書かれた「浜松中納言物語」を典拠とした大長編である。第一作「春の雪」は年上の女性との悲恋を描いたもので、松枝清顕が主人公である。第二作「奔馬」は青年の闘いと行動を描き、主人公は飯沼勲。第三作「暁の寺」は生の源泉を探る物語で、主人公はタイの王妃ジン・ジャン。四作目「天人五衰」は、輪廻転生の本質を劇的に描いた作品とされ、主人公は本多透である。

はじめの三作の松枝、飯沼、ジン・ジャンは皆二十歳で死に、本多は二十歳で死なない。しかも「豊饒の海」四巻を通じ、四人の輪廻転生の目撃者となるのは透の父、本多繁邦である。

この作品にとって重要な登場人物の名と、先生から遺書をいただいた私の名に明らかな類似があることは確かである。

ある思いが込められているのではないか。必死になって、そこに鍵を、鍵の影を探し求めたことも数限りなくある。あるいは一笑に付すべきことかとも思う。しかし同じように、そこに幾度となく、のたうち回った挙句、それは偶然に過ぎないと立ち去ることも、私には今なおできずにいる。

先生からの遺書

「まず第一に、貴兄からめでたい仲人の依頼を受けて快諾しつゝ、果たせなかつたことをお詫びせねばなりません。

貴兄の考へもよくわかり、貴兄が小生を信倚《しんい》してくれる気持には、感謝の他はありませんでした……小生の小さな蹶起は、それこそ考へに考へた末であり、あらゆる条件を参酌して、唯一の活路を見出したものでした。活路は同時に明確な死を予定してゐました。あれほど左翼学生の行動責任のなさを弾劾してきた小生としては、とるべき道は一つでした。

それだけに人選は厳密を極め、ごくごく少人数で、できるだけ犠牲を少なくすることを考へるほかはありませんでした。

小生としても楯の会会員と共に義のために起つことをどんなに念願し、どんなに夢みたことでせう。しかし、状況はすでにそれを不可能にしてゐましたし、さうなつた以上、非参加者には何も知らせぬことが情である、と考へたのです。小生は決して貴兄らを裏切つたとは思つてをりません。蹶起した者の思想をよく理解し、後世に伝へてくれる者は、実に楯の会の諸君しかゐないのです。今でも諸君は渝《かわ》らぬ同志であると信じます。

どうか小生の気持を汲んで、今後、就職し、結婚し、汪洋たる人生の波を抜手を切つて進みながら、貴兄が真の理想を忘れずに成長されることを念願します。

三島由紀夫」

昭和四十五年十一月

写真／大畠加作
土門　拳
本文ＤＴＰ・デザイン／長久雅行

新版　三島由紀夫が復活する

第一刷発行――二〇二三年四月二九日
第三刷発行――二〇二三年五月二七日

著者――小室直樹
編集人――祖山大
発行人――松藤竹二郎
発行所――株式会社　毎日ワンズ
〒一〇一―〇〇六一
東京都千代田区神田三崎町三―一〇―二一
電　話　〇三―五二一一―〇〇八九
ＦＡＸ　〇三―六六九一―六六八四
http://mainichiwanz.com

印刷製本――株式会社　シナノ

ISBN 978-4-909447-25-8